# 目次

# 第一幕　サピエンスの誕生

## 登場人物（第一幕）

男A　若い男。時代を超えて繰り返し現れ、女Eと出会う。
女E　若い女。時代を超えて繰り返し現れ、男Aと出会う。
老人　集団の長。四場では王を演じる。

男1〜8　コロス、肉食獣、官吏、奴隷なども演じる。
女1〜8　コロス、肉食獣、官吏、奴隷なども演じる。

台詞のうち、「＊」と書かれている台詞は男1〜8か女1〜8の誰かが担当する。

# 一場　200万年前、まだ人が人でなかった頃

開演時間になるとゆっくり客電が暗転していき、全き暗闇が劇場を包み込む。機材のランプ一つ、足元灯一つの光もない、完全な闇。そして無音。観客の衣擦《きぬず》れの音や、息を呑む音までが聴こえるようである。

その完全な暗闇と静寂が一分ほど続いた頃だろうか。ごくうっすら、ささやかに、空に星が光り出す。まるで目が慣れてきて見え始めたような感じだ。一度見えた光は徐々に強さを増し、煌々《こうこう》と光り輝き、やがて満天の星空となる。大地も薄く星明かりに照らされて、ささやかに輝いている。

そして遠く、かすかに、虫の音や鳥の声が聴こえてくる。たまに遥か彼方から、獣の遠吠えする声や、風が草原を渡る音も聴こえるようだ。果てしなく続く虚空《こくう》を前にして、観客は得体の知れない不安と、都会で暮らしていると忘れてしまう絶対的な孤独を感じる。暗闇の中で、感覚が少しずつ鋭くなっていく。

以下、コロスのための台詞を記すが、上演に際しては、俳優たちが読んでもいいし、字幕として出してもいいし、あるいは全く使わなくても構わない。二場で言語が発明されるまで舞台上に肉声の「声」を用いたくなければ、コロスの台詞を割愛するのも一つの手だ。初演の際には使用しなかった。

**コロス**　２００万年前。
恐竜はすでに滅んだが、マンモスやドードーやメガテリウム、サーベルタイガーはまだ生きていた頃。

今よりも星がずっと明るかった頃。

今よりも少し寒かった頃。

私たちがまだ猿から別れておらず、四本の手足で、地べたを這い回っていた頃。

私たちがまだ何も知らず、ありとあらゆるもの、敵や雨や運命から、逃げ回ってばかりいた頃。

私たちがまだサピエンス、知恵ある者、ではなかった頃。

私たちがまだ、闇の中にいた頃。

男A

地平線の向こうから一匹の類人猿が駆け込んで来る。腰は曲がり、両手は地面に触れ（ナックルウォーク）、猿のように四足で走っている。巧妙に足音を殺しながら、素早く、闇に紛れるようにして舞台上に転がり込み、ぴたりと足を止めると、地に伏せ、息を殺し、周囲を見渡す。周囲が安全なことを確かめると、上手の奥（自分が来た方）へ大きく手を振り、合図を送る。

ほっと一息ついた様子でへたりこむと、自分の上空に輝く星に気が付き、立ち上がって天に向かって手を伸ばす。しかし、長くは直立していられず、またへたりこんでしまう。腰を下ろして、星空を眺めている。

女E

ガサガサと物音を立てて、下手の前から女Eが現れる。男Aは慌《あわ》てて飛び起き、とっさに身構え、警戒する。女Eは怯《おび》えて地面に身をかがめ、小さくなる。二人は身構えているが、やがてお互いに敵ではないことを感じ取り、警戒を解く。男Aが女Eに向かって手を伸ばし、二人は手を取り合う。男Aは女Eを抱き寄せる。

男1・2・3、女1

四人の男女が駆け込んで来る。ひどく周囲を警戒している様子だったが、男1のもとへ辿り着くと再会できたことを喜び、抱き合う。女1、自分たちが来た方角へ大きく手を振り、迎えに行く。

男４、女２

怪我をしている様子の女２と、それを守っている男４が現れる。仲間たちのところに辿り着いたことで感激し、地面にへたり込む。男１・２・３および女１は、二人が無事に辿り着いたことを喜んで迎え入れる。男４と女２は、感極まって抱き合う。

女３・４、老人

しんがりを務めていた女３と４と老人が、後方を見渡しながら、追っ手がいないことを確かめつつ現れる。一同に向き直り、うんうんと頷いて安全であることを伝える。もう一度辺りを見渡してから、緊張の糸が切れたように地面に倒れ込む。

女Ｅの受容

老人が女Ｅを睨《にら》みつける。男１〜４と女１〜４も女Ｅを取り囲む。男Ａは女Ｅをかばうように振る舞うが、老人は手を振り、男Ａをどかす。老人は女Ｅに顔を寄せ、頬《ほお》を触り、しばらく見つめた後、興味をなくしたように地面にへたり込む。危険はないと判断したらしい。男1～4と女1～4が女Eを歓迎する。

十一人の男女が地面に座り込み、あるいは倒れている。ハァハァと息を切らしている者もいる。

しばしの間。

### 無言劇

類人猿たちはしばらく、時間を潰《つぶ》す。例えば……お互いにじゃれ合うようにして、喧嘩《けんか》の真《ま》似《ね》事《ごと》を始める。誰かが誰かの毛づくろいをしてやる。石を拾って投げる。虫を捕まえて食べる。ごろりと横になって眠ろうとする、など（注意しなければならないのは、第二場以降で発生するコミュニケーションを描いてはならないということ。具体的には言語や音楽・舞踊・儀式などの交流は描いてはならない）。

星空の下
女Ｅは星空を見上げ、ふらつきながら体を起こす。男Ａが手を貸す。二人は寄り添って歩み出て、ゆっくりと星を眺める。

**♪Ｍ１　星の降る音**

**アンビエントでささやかな、優しい、柔らかいＭＥ。リズムなし。曲想もあまり展開しない。**

男１～４・女１～４もそれにつられて二人の側に集まり、一同、並んで星空を眺める。こぼれ落ちてきそうなほどのまばゆい星天。それは、ゆっくりと回っているようにも見える。果てしなく広い空の下で、十一人の類人猿たちはあまりにも小さく見える。

敵襲

女1が異変に気がつき、さっと振り返って身を低くした。他の一同も女1の様子に気づいて振り返り、暗闇の中で身を小さくし、目を走らせる。息を呑む間。

**♪M2　危機**

**アンビエントで低く、不穏な、不愉快なME。あるいは不協和音。リズムなし。あるいは乱雑で不均一な打楽器の乱打。**

一同は警戒の色を強くするが、物音一つ聞こえない。男1が意を決してゆっくりと歩み出て、様子を確かめる。しかし男1には何も見つけられない。男1は振り返って手を振り、安全を知らせる。

肉食獣１

するとそのとき、物陰から闇を裂くようにして肉食獣１が姿を現す。男１はたじろぎ、身構える。肉食獣１は男１をじっと睨んでいたが、ゆっくりと男１との間合いを詰め始める。男１が逃げ出そうとするが、肉食獣１に回り込まれ、逃げ場を失う。捨て鉢になった男１は肉食獣１に向かっていくが、格闘の末、噛《か》み殺される。

肉食獣２・３・４

その隙に一同は逃げ出そうとするが、反対の方角から肉食獣２・３が現れ、逃げ道を塞《ふさ》ぐ。さらにもう一匹、肉食獣４が現れ、一同は取り囲まれる。果敢に立ち向かって行くが、食い殺される者。逃げ切ろうとするが、追いつかれて引きちぎられる者。恐怖にすくんで、無抵抗に殺されていく者。男Ａは女Ｅを守ろうとするが、肉食獣に体の一部を食い千切《ちぎ》られ、激痛に苦しみ、地面に転がる。女Ｅは肉食獣に噛み殺される。男Ａは立ち上がり、挑みかかろうとするが、肉食獣１～４に四肢を食い千切られ、絶命する。

地面に座り込んでいた、老人だけが残された。肉食獣1〜4は彼の周りを取り囲み、追い詰め、嚙み殺す。

繰り返される死の歴史

２００万年前、１９９万年前、１９８万年前……、テロップが動いていく。人間がまだ食物連鎖の下の階層に存在し、ただ無惨に食い殺され続けていた数百万年の歴史が、繰り返される悪夢のように描かれる。死んでいた類人猿はあるとき息を吹き返し、荒野をさすらい始めるが、肉食獣に見つかっては食い殺され、嚙み千切られ、次々と死んでいく。生き返っては死に、死んでは生き返り、また殺され……。

**コロス**　死は何度も何度も、私たちを訪れた。
百万回の死と、百万回の生、そしてまた百万回の死。
死はずっとこちらを見ていた。

命は風のように途切れて、散った。
星は私たちを置いて、回り続けた。
そしてずっと静かだった。

私の遺伝子が叫ぶ、夜は危険だ。
私の遺伝子が叫ぶ、獣たちは危険だ。
私の遺伝子が叫ぶ、いつまでも同じところにいるんじゃない。
私の遺伝子が叫ぶ、早く行け。

早く行け。
早く行け。
早く行け。

舞台が暗転し、テロップだけが動いている。44万年前、43万年前、42万年前……。星がものすごい速度で回転していく。

# 二場　7万年前、二足歩行の開始と言語の誕生、認知革命、集団の形成

テロップが止まる。７万年前。

**コロス**　７万年前。
私たちはついに立ち上がる。
自由になった両手は、道具と火の使用を始める。
直立二足歩行による骨格の変化が声に変化をもたらし、私たちは言語を得る。

倒れ伏していた死体たちは一人、また一人とゆっくり体を起こし、四足歩行でじわじわと歩き出す。男A・女E・男1〜4・女1〜4の計十人が歩いている。地面をさまよう類人猿たちの波が、渦を巻いているように見える。

ゆっくりと太陽が昇り始め、暁が訪れる。

ある時、渦が止まる。中央にいた一人の男が立ち止まり、何かおかしな動きを始めた。一同はそれを注視する。中央にいる男は手を地面から離し、よろめきつつも二本の足で立ち上がろうとする。そしてぐっと腰を伸ばして完全に体を起こし、遠くを見渡し、一歩、また一歩と、直立二足歩行で歩き始めた。立ち上がるまでの一連の動作はダンスのように描かれる。

それに続いて、他の類人猿たち……いや人間たちも、一人、また一人と直立二足歩行で歩き始める。女Eは立ち上がる際に、途中で一度よろめき、倒れる。男Aが近づき、支えてやる。女Eも立ち上がる。やがて全員が直立二足歩行を習得し、またしても渦を巻くように歩き始める。

昼が訪れる。様々な歩き方が試される。陽の光の中、人間たちは大地を悠々と、複雑に、すれ違いながら、あるいは同じ方向を向いて歩いている。時代が変わった——明らかに人類が新しいステップに入ったことが見て取れる。

集団の中の一人が、自分の喉《のど》に起きた異変に気がついて、一同の前に立つ。彼（彼女）に注目が集まる。

**一人**　ア……。ア……。ア……。

彼（彼女）は試すように、絞り出すように、初めての母音「あ」を音に出してみる。その音に一同は驚くが、彼らも真似し、音を出してみる。

一人　アー……！

一同　アー……！

一人　アー……！

一同　アー……！

一人　オー……！

一同　オー……！

一人　イー……！

一同　イー……！

一人　エー……！

一同　エー……！

一人　エー……！

一同　エー……！

一人　エ、エ、エ。

一同　エ、エ、エ。

一人　エ、エ、エ！

一同　エ、エ、エ！

一人　ウ！

一同　……。

一人　ウー……！

一同　ウー……。

一人　アー、……イ！　……アイ！

一同　アイ！
一人　アー、……オ！　アオ。
一同　アオ。
一人　アサ。
一同　アサ。
一人　アカ。
一同　アカ。

一人　アキ。

一同　アキ。

一人　イエ。

一同　イエ。

一人　ウ、エ。

一同　ウ・エ。

一人　エー……、ト。

一同　エー……ト。

一人　オ、ト。

一同　オ・ト。

一人　オ、ト。

一同　オ、ト。

一人　オ、ト。

一同　オ、ト。

その後もいくつかの音・声の組み合わせが試される。人間たちは、見つけたもの、目にしたものに名前をつけていき、世界を描写していく。

＊

朝。朝日。朝方。朝焼け。
空。大空。夜空。茜空。暁。曙。明け方。朝。
ア（吾）。ナ（汝）。あなた。私。私たち。
赤。青。藍。朱。白。黒。黄。緑。
鳥。虎。獅子。牛。馬。猿。犬。猪。……

やがて数人の人間が、文章を喋《しゃべ》る。

＊

日が昇り、日が沈む。
太陽が空を駆け上がり、また地の果てに沈んでいく。
一日が終わる。

風が吹いている。
強い風が吹いている。
風はどこから来て、どこへ行くのか。
私は知らない。
私たちは知らない。

誰もいない。
私はいる。
私たちはいる。
私たちの敵はいない。
私はお前を守る。
私たちはお前を守る。

私たちは数多くいるが、私たちは一つだ。
私たちは一つだが、私は私であり、あなたはあなただ。

私はここにいる。
私たちはここにいる。
太陽の代わりに月が訪れ、私たちのために道を照らす。
この世界は、私たちに与えられた。
この世界は、誰により私たちに与えられたのか。

人間たちのうちの一人が、異変に気が付き声を上げる。

*

来たぞ！　気をつけろ！
待て。あっちだ。……声を立てるな。

人間たちは息を殺し、上手の方を見やる。

＊　一匹か？

一匹だ。

私たちをもう見つけている。

右だ。右からも来る。

右からもう一匹。

離れるな。固まれ。

目を離すな。

武器を取れ。

武器のない者は、石を握れ。

まず上手から、続いて下手から、肉食獣が姿を現す。人間たちは中央に集まり、背中を合わせて両方に警戒する。

＊

一度に相手にするな。

一匹ずつ戦え。

（上手の獲物を見て）こいつを取り囲む。

左から回り込め。

一斉《いっせい》に行くぞ。

慌てるな。

落ち着いて取り囲め。

人間たちは棍棒《こんぼう》や槍《やり》・弓《ゆみ》などの武器や、石を手に取り、じわじわと上手の肉食獣を取り囲んでいく。下手には一～二名の人間が残り、下手の獣を近づけないように睨みつけている。上手の獣を追い詰めていた一人が、隙《すき》をついて飛び掛かり、それを合図に残りの者も一斉に飛びかかる。肉食獣は獅子奮迅の抵抗を見せ、仲間のうちの一人が不意をついて殺される。しかしやがて肉食獣は追い詰められ、取り囲まれ、次々と打撃され、そして絶命する。

人間たちは下手の獣に照準を合わせる。弓を持った一人が何発か矢を放ち、そのうちの一つが命中する。肉食獣はひるみ、苦しむ。人間たちは落ち着いて獣の後ろや横に回り込み、一撃ずつ打撃を叩き込んでいき、二匹目も絶命する。

人間たちは喜び、鬨《とき》の声を上げる。

## 三場　７万年前（続き）、文化の発生

一同の中心に老人が歩み出て、手を挙げる。

一同は静まり返り、老人の周りに集まる。老人は、懐から石を二つ取り出し、両手に持って打ち付ける。火花が散り、焚《た》き火に火が灯《とも》る。巨大な火柱が上がる。一同が歓声を上げる。

二人の女が木の棒を持って焚き火に歩み寄り、焚き火から火を移す。木の棒を松明《たいまつ》にして、火を高く掲げる。

**老人**　私たちを見守る私たちの神へ。

一人の男が、先ほど殺した獣の頭を高く掲げ、ゆっくりと自分の頭にかぶせた。
男は胸を張るようにして、堂々と立ち、一同をゆっくり見渡す——。
右を向き、ゆっくり前を向いて、左を向き、もう一度ゆっくり前を向く。

＊

あなたは勝利、あなたは力、あなたは永遠の命。
私たちの父にして守護者、道しるべ、みなもと。
山のような、稲妻のような、牙のような、大きなトネリコの木のようなあなた。
私たちの部族はあなたに守られている。
私たちの祖先はあなたから生まれた。
私たちはみなあなたを恐れ、敬い、愛し、従い、見上げ、称える。
我らと共にあらせたまえ。
我らと共にあらせたまえ。

**老人**　絶えず力強い御手で私たちを守り導く私たちの父へ、私たちは絶えず祈ろう。

音楽が始まる。

**♪M3　最初の音楽、あるいは勝利・喜び・生命・感謝**

この音楽はメロディかリズム、どちらかから始まる。メロディの場合、まだ和音はない。誰かがメロディを発明し、一度歌い、それを全員で繰り返す。リズムの場合、手拍子か、骨と木を打ち鳴らす音。単純な繰り返し、四拍子か二拍子か。メロディから始まってリズムが加わっても、リズムから始まってメロディが乗ってもどちらでも構わない。この音楽は、舞台上の道具や声・肉体を使った生音で奏でられる。

◎ダンスの誕生

M3がしばらく続いた後、人々は踊り始める。シンプルで野性的な動き、だが全員がシンクロし、ユニゾンしている。同じ振りを全員で踊る。赤々と燃えている焚き火を囲んで、いくつかのフォーメーションも披露される。老人はしばらくその様子を眺めているが、途中から加わる——ただし他の人間たちと同じように踊るのではなく、あたかも全体を指揮しているような、従えているような様子である。

◎壁画の誕生

ダンスの後、一部の人間たちが松明や道具を手に取り、壁に絵を描いていく。獲物となる動物たち、炎、狩りをする人間たちや、半人半獣の怪物、あるいは神の姿など。人々が手を動かすと、舞台の背景を覆《おお》っているルント幕に絵が広がっていく様子が、映像のプロジェクションマッピングによって表現される。

◎恋

**♪M4　恋**

アカペラ。**小さな可愛らしい小品。鳥のさえずりのような歌。**

女Eは男Aに歌を歌う。男Aもそれに合わせて歌う。

◎葬儀

殺された仲間の遺体が、うやうやしく運び込まれる。一同はひざまずき、頭を垂れる。老人は遺体の顔に顔料を塗り、死に化粧を施す。焚き火の火が消される。女たちは花を携える。

## ♪M5　葬儀

**老人**　今日、一人、私たちの仲間が死んだ。
しかし今日、二つ、私たちは獲物を手に入れた。
一つの命を失い、二つの命を手に入れた。
死者に祈ろう。
私たちは、死者の上に生きている。

私たちは、どこから来て、どこへ行くのか。
私は遥か遠く、昔から生きているが、私でさえその答えを知らない。
まして、生まれたばかりのお前たちには何もわかるまい。

私はこの後、どこへ行くのか。
星も月も、そして太陽でさえすべて、東から昇り西に沈む。
すべて定めがある。
私も東から昇り、西に沈むだろう。
しかし星が、どこから来てどこへ行くのか、正確にはわからないように、
私もどこから来て、どこへ行くのか、正確にはわからない。
ただ、沈むことだけはわかっている。

地の底で眠る私たちの神と、私たちの祖先は、私たちの仲間を喜んで迎え入れるだろう。

死者に祈ろう。
私たちは、死に生かされている。

舞台が暗転し、星がものすごい速度で回転していく。
テロップがまた動き始める。６万年前、５万年前、４万年前……。

# 四場　1万年前、農業革命・社会の形成、宗教と権力の誕生

テロップが止まる。　1万年前。

**コロス**　1万年前。
歩き続けてきた私たちは、ついに立ち止まった。
川のほとり、肥《ひ》沃《よく》な三日月地帯で、土を耕し、種を植えた。
畑を作り、水を引き、刈り取った麦を貯める倉を作って、家を持った。
私たちは一度伸びた腰を再び曲げて、大地に手を伸ばした。

腰布を巻いただけの姿の農民たち（男A・男1〜5、女1〜6の計十二名）が現れ、集まってきて、種蒔《たねま》きの準備を始める。それぞれ体を伸ばしたり道具を取ったり太陽を眺めたり、めいめい自由に動いており、それはあたかも（随分《ずいぶん》後の時代になるが）ブリューゲルの絵画に描かれた農民たちのように様々な表情を見せている。

### ♪M6　農耕、リズムと反復

**エキゾチックだがシンプルな繰り返しのメロディと、単調でゆっくりとしたリズム。穏やかだが明るくはない、退屈だが悲劇的ではない、緩慢な日常を感じさせる。**

やがて貫頭衣《かんとうい》を着て装身具をつけ帽子をかぶった……つまり貴族階級にある男6が現れ、角笛を吹く。

農民たちは種を入れたザルを持って、種蒔きを始める。並んで列を作り、同じタイミングで腰をかがめ、一つずつ種を地面に埋め込んでいく。（これも時代は違うが）ミレーの落ち穂拾いのような農民たちの姿。一つ植えるごとに一歩、また一歩後ろに下がり、畑の端まで行くと折り返してまた進む。統率の取れたその動きは、徐々に舞踊のように見えてくる。

その行進の間を、男6が居丈高に歩き回る。

**コロス**　私たちは春と秋に種を植え、夏と冬には黄金色《こがねいろ》の麦畑を風が渡った。
川のほとり、街は広がり続け、畑を耕す者と、麦を数える者が別れた。
集めた麦の数を記録するために、文字が生まれた。
集めた麦を数え、分配するために、数学が生まれた。
畑の広さを図り、記録するために、幾何学が生まれた。
種蒔きと刈り入れの時期を知るために、天文学が生まれた。
洪水の時期を記録するために、暦《こよみ》が生まれた。

映像表現により、地面から一斉に作物が芽吹き、成長し、黄金の実りを風に揺らす様が描かれる。

農民たちは動きを変え、今度は刈り入れを行い、伸びた作物は刈り取られていく。

男7・8が現れ、刈り取った作物を数えて、パピルスに書き記す。その手の動きに合わせて、背景のルント幕に洪水のように、大量の文字が浮かび上がっていく。やがて文字は増え続け、背景幕を埋め尽くすまでに広がる。


**コロス**　集めた麦を保存するために倉が建てられ、倉を守るために戦士が生まれた。

死者を葬《ほうむ》り雨を呼ぶために神殿が建てられ、司祭が生まれた。

最も偉かった司祭は、やがて王となった。

王の下に国が生まれ、国の下に奴隷が生まれた。

いつしか私たちは上に立つ者と、下にひざまずく者に別れた。

私たちは社会を持った。…………

貴族階級にある官吏たち（男６～８）が舞台の中央に立ち並び、パピルスを広げる。
奴隷たち（男Ａ・男１～５、および女１～６）がその前に集まり、ひざまずく。
官吏はパピルスの内容を読み上げる。

**官吏１**　我らが王の御代《みよ》、第41年、シェム第２の月、11日。ホテップの子、プタハ神の神官、セプタはここに、太陽と水の賜物《たまもの》、小麦の収穫について記録する。……２５００平方キュービットのこの畑から、数にして４０９６束、重さにして５４６３デペンの小麦を収穫した。このうち９分の４にあたる２４２８デペンを税として王の倉に収め、９分の３にあたる１８２１デペンを供物《くぶつ》として神の倉に収め、残る９分の２にあたる１２１４デペンを報酬として民に下賜《かし》する。この分配の公明にして正大なることを、余、ホテップの子、プタハ神の神官、セプタはここに記す。

**男A**　いいえ。これでは公明正大とは言えません。私たちは元々、9分の5をたまわるはずでした。いつから9分の2に変わったのです？

**官吏2**　口を開くな。

**男A**　オンテスの川に兵士をやり、戦いを始めたのは王自身です。私たちではありません。なのになぜ、私たちの小麦が取り上げられなくてはならないのでしょう？

**官吏3**　口を開くな。

**男A**　私たちは去年と同じように働きました。ならば報酬も、同じように支払われるべきです。

官吏は剣を男Aに突きつける。

**官吏1**　奴隷よ、名前を何という。その首を切り落としたら、どの墓に収めればいい。

**男A**　エロヒムの子、アダマです。しかし殺されるいわれはありません。

**官吏1**　お前は王を侮辱した。

**男A**　侮辱などしていません。

**官吏1**　お前は王が小麦を取り上げたと言った。

男Ａ　いいえ、王は公明にして正大です。私たちの糧《かて》を取り上げるはずがありません。

官吏１　ならば誰が取り上げたと言うのだ。

男Ａ　あなたです。

官吏１　奴隷め。

奴隷１　ご勘弁下さい、お役人さま。こいつ、仕事の前にビールを一杯飲んだんで。すっかり酔っ払って、わけがわからなくなってんで。

官吏１　ここの区長は。

**奴隷2**　私でございます。

**官吏1**　お前はこの配分が公明にして正大なことを認めるか。

**奴隷2**　もちろんです。神の代理人である王は常に公明正大であり、その代理人であるあなた様もまた常に公明正大です。

**官吏1**　（男Aに）わかったか。その気があるならもう一度口答えしてみろ。心臓をくり抜いてトンビに食わせてやる。

**男A**　何度でも言おう。お前は王の名をかたり、不正を行った悪党だ。

**官吏1**　この男を取り押さえろ。

官吏たち（男6〜8）が指示を飛ばし、それに従い、奴隷の男たち（男1〜5）がためらいながらも男Aを取り押さえ、地面に組み伏す。
そこに女Eと従者たち（女7・8）が現れ、その様子を眺めている。

**女7**　何の騒ぎです。

**官吏2**　つまらないことです。

**女7**　言いなさい。

**官吏2**　奴隷が税の徴収について、口答えしたのです。

**女7**　殺すのですか。

**官吏2**　殺すでしょう。

**女E**　あの役人の名前は。

**官吏2**　王のしもべ、プタハ神の神官、ホテップの子、セプタです。

**官吏1**　（男Aに）お前は罪人だ。王の代理人である私を愚弄することは、王を愚弄することである。そして王を愚弄することは、神を愚弄することである。この罪を裁くため、罪人よ、罪を犯したその舌を切り落としてやる。

**奴隷2**　裁判は。

**官吏1**　裁判は、身分のある者同士の争いを裁くためにある。奴隷に法典はない。

**奴隷3**　命だけは取らないでやって下さい。

**官吏1**　命までは取らない。私はただ、舌を切り落とすだけだ。

**奴隷3**　それでは死んでしまいます。どうかご勘弁を。

**官吏1**　（男Aに）口を開けろ。

**女E**　聞いて下さい、王のしもべ、プタハ神の神官であるあなた。その哀れな男の血を、私の前で流さないで下さい。私に免じて、その男の罪を水に流して下さい。

官吏1　しかし……。

女E　私の言葉に背《そむ》くのですか。

官吏1　滅相《めっそう》もありません。私はただ、規範と慣例に従おうとしただけで。

女E　それならば、王のしもべ、プタハ神の神官であるあなた。規範と慣例に従い、その哀れな男の舌を切り落としなさい。

官吏1　は。

女E　ただし一滴の血も流さずに。切り落として良いのは舌だけです。

官吏1　そんなことは……。

女E　さあ。舌を切りなさい。

官吏1　申し訳ありませんでした。

女E　やらないのですか。

官吏1　あなたに背くことは、王に背くことです。そして王に背くことは、神に背くこと。

女E　その通りです。

官吏1　しかし、お聞かせ下さい。なぜこの奴隷をかばうのです？

**女Ｅ**　私はあの男を知っています。はるか昔、狩りの途中、はぐれてしまった私を守ってくれたことがありました。

**官吏１**　そうでしたか。それはどうも、失礼を致しました。

**女Ｅ**　わかったなら行きなさい。（奴隷たちに）あなたたちも。

官吏たち、奴隷たち、立ち去る。女Ｅの従者たちだけが残る。男Ａは顔を上げて、女Ｅを見つめる。

**女７**　顔を上げるな。お前などが見ていい方ではない。

**男Ａ**　なぜ嘘をついたのです。

女8　話しかけるな。

女E　（男Aに）嘘とは一体？

男A　私はあなたを知らない。いえ、もちろん存じ上げていますが、お目にかかったのは今日が初めてです。狩りの途中、出会ってなどいません。

女E　もしあなたが奴隷でなく、たとえば一匹の惨《みじ》めな野良犬だとしても、あるいは親指ほどの大きさの小さな昆虫だとしても、私は目の前で命が奪われるのを好みません。

男A　ありがとうございます。

女E　しかしどこかで、会ったことがあるような気がしたのも確かです。

**男A**　そんなわけはありません。私は最も貧しい者です。しかし……。

**女E**　しかし？

**男A**　私も確かに、あなたの顔には見覚えがあるのです。

**女8**　口を慎みなさい。

**女E**　（女6～8に）あなたたち、少し、下がっていなさい。

**女8**　はい。

従者たちは下がり、侍す。

女E　あなたの言葉には訛りがあります。生まれはどこです。

男A　ここから西に３０００メフタ。南に４０００メフタほども行ったところにある、田舎の村です。首都に出稼ぎに来たのはほんの三年前です。

女E　どんなところ。

男A　……森深い、闇の多い場所で、かろうじて王の威光は届いていますが、まだ文字もなく数字もなく、神殿や王宮はおろか、田畑すらほとんどなく、人々は狩猟採集に頼って暮らしています。果物を取ったり、虫や獣を食べたり……。

女E　虫を食べるのですか。小麦ではなく。

男A　はい。

女E　貧しいのですね。

男A　確かに貧しい。しかし自由でした。

女E　どういうことです。

男A　都ではパンが食べれますが、毎日十二時間は働かされます。村では虫や果物を食べていましたが、働くのは数時間でした。都には音楽があり、神殿がありますから、死ぬのにはいいところです。村には音楽はなく、立派な神殿もありませんでしたが、のどかで静かで、生きるのにはいいところでした。村の生活は貧しいものでしたが、みな等しく貧しいので、身分の差はありません。ああして役人に殺されそうになることもありませんでした。

女E　ならばなぜ、都に来たのです。

男A　妹の結婚式に祝いの品を出してやるために、金《きん》が必要でした。

女E　そうでしたか。

男A　夏は畑を耕し、冬は神殿の工事に携わります。それでも足りなければ……、王がオンテスの川辺で起こした戦いに戦士として加わります。

女E　この国のために戦う。

男A　ただの出稼ぎです。

女E　何万人という人が戦いに加わります。そしてこの国は神の国です。必ず勝つでしょう。

男A　私にはわかりません。何万という兵士の上に、一人の王がいる。そして何十という神を崇《あが》め、一つの国をなしている。しかし私は、王も、神も、国も、見たことがない。見たことがないもののために、何万もの兵士がなぜ、命をかけて戦えるのか。

女E　祖国のためでしょう。

男A　私には国というものがわからない。

女E　それなら報酬の金《きん》と、ビールのため？

男A　その通りです。

一人の奴隷が、官吏1〜3に追い立てられ、奴隷5〜6に引きずられて入ってくる。やや離れて王の姿も見える。官吏たちは奴隷を壁に押し付け、刃物を取り出す。

奴隷4　お許し下さい、私は人を傷つけなかった、神を侮辱しなかった、計量をごまかさなかった、神の御心《みこころ》を……。

官吏は刃物で奴隷の喉を切り裂き、殺す。女7〜8が王の前に跪《ひざまず》く。王は、女Eを見つけて近づいてくる。

王　（女Eに）エフェタリ。ちょうどいい、一緒に帰ろう。夕食の前に音楽を聴かないか。海の向こうから来た楽団が、見たこともない楽器を持ってきた。ぜひお前と二人で聴きたい。

女E　この者も連れて行って良いでしょうか。

王　その者は。

女E　奴隷です。しかし面白い話をします。

間。

女E　この者は王も、神も、国も、見たことがないと言うのです。王を見る機会がなかったことはわかりますが、今お目にかかれましたね。

しかし神は常に空に輝いていますし、国は常に私たちを守ってくれています。見ないで生きることができるでしょうか。

**男A**　私のふるさとでは、神は太陽ではなくオオカミでした。そして大きな岩と女性たちも、神として崇められていました。しかしここでは神は太陽であり、その子が王です。ほんの５０００メフタも離れただけで神が違う、などということが、あり得るでしょうか？

**女7**　王の権威を損なうつもりか。

**女8**　王の正統性を疑うのか。

**男A**　そうではありません。しかし王とは一体、神とは一体、何なのでしょうか。

間。

王　それは時間である。そして物語だ。

男A　物語？

王　私たちはかつて、はるか昔は、獣や石、森や炎、雨や雷を、神として信じていた。自然を恐れ、脅かされ、逃げるようにして生きていた。私たちは今や、天空にいる神々を信じており、守られており、そして私たちは時間を手に入れた。天空にいる、太陽の神のおかげで、一年は365日であることを知った。4年に一度うるう年があり、季節は巡り、毎年同じ時期に雨が降り、川が溢れることを知った。いつ種をまき、いつ刈り入れをすればいいかを知った。夏至の日の昼間が冬至の日の昼間よりどれだけ長いか知った。いつ月が満ち、そしてまた欠けるのかを知った。私たちは今や時間を手に入れた。そして私たちは知っている、一度沈んだ日がまた必ず昇るように、私たちもまた一度死に、やがて蘇り、新しい命を得る。私は明けの明星、宵《よい》の明星。太陽の子であり、神の化身。そして奴隷の子は奴隷として生まれ、死んでいく。逃れられない物語だ。今、この国には、500万の人々が住んでいる。それが皆、同じ時間を信じ、同じ物語を信じ、同じ神と王を信じている。だから共に生きていられる。それがすなわち、国家である。

**男A**　小麦の取り分の、9分の7を取り上げるための、方便だ。

**官吏1**　まだ言うか。

**官吏2**　9分の4は王の倉に、9分の3は神の倉に。

**男A**　（女Eに）あなたなら私の言うことがわかるでしょう。私たちはかつて手を取り合い、助け合い、愛し合った仲だった。今や身分と宗教が、私たちを分けてしまった。

**女7**　これが奴隷に許された言葉でしょうか。

**女8**　この男の言葉は毒、考えは凶器、振る舞いは悪徳です。

**男A**　（女Eに）あなたは私の言葉に興味を持ってくれた。私はあなたと話がしたい。

**王**　（官吏たちに）この男の舌を切り取れ。そして心臓をえぐり出し、太陽の光で焼いて乾かし、トンビの餌にせよ。

官吏1　はい。

王　言葉は猛毒である。最も危ない武器が言葉だ。だからこの男の舌を切り取れ。そして心臓は来世の魂を呼び込む器《うつわ》。黄泉《よみ》の国で天秤にかけられ、現世での行いを量る証拠の品だ。この男がもう二度と蘇らず、言葉を語らず、私たちの目の前に現れないように、舌を切り取り、心臓をえぐり、太陽の光で焼いて乾かし、トンビの餌にせよ。

女E　この男が何をしました。ただ話をしただけじゃありませんか。

王　それが一番の罪なのだ。この男は王の権威を汚した。神の物語を汚した。その舌を切り取れ。

男Aは官吏たちや奴隷たちによって取り押さえられ、殺される。
音楽が流れる。

**♪M7　処刑**

暗転。

# 第二幕　科学革命

## 登場人物（第二幕）

学徒アダーモ
神童アウグスト
天文学者ガリレオ
その弟子アンドレア

歴史学者オーラン
宿屋のおかみドナテッラ
少女エレーナ
少年サルヴァトーレ
宿の店番アナベラ

投資家ボッチョ
船乗りフランコ
神父パオリーノ
修道僧ニッコリーノ

頑健なる農夫マルコ
その妻マリア
信心深き農夫ミルコ
その妻ミリア

ロマの娼婦マリスカ
善良な市民ヴェロニカ

その他市民たち

**時代、場所**

１６１６年のヴェネツィア、町外れにある宿屋兼居酒屋・子馬亭。

# 一場　星空の授業

真っ暗闇の中から、声だけが聴こえてくる。

**サルヴァトーレ**　パパ。はじめには何があったの？

**オーラン**　何にも。

**サルヴァトーレ**　何にも？　朝も昼も夜も？　人間も猫も、馬も犬も？

**オーラン**　もう暗い。明かりをつけよう。

**サルヴァトーレ**　はじめには何があったの？

歴史学者オーランがランプに灯を点《つ》ける。

ランプを囲んでいるオーラン、その娘エレーナ、息子サルヴァトーレの姿がぼんやりと見えてくる。遥か上空で輝く星空も見えてくる。広い宇宙の中にぽつんと浮かんでいるように見える。

**オーラン**　主は言われた。光あれ、と。そして光と闇が別れ、大地と空が別れた。光を昼と名付け、闇を夜と名付けた。昼の空には太陽を輝かせ、夜の空には月を置き、たくさんの星をばら撒《ま》いた。

**サルヴァトーレ**　星はいくつあるの？

**オーラン**　数え切れない。私たちに主の偉大さが図り切れないように、星も無数にあって数え切れない。

**サルヴァトーレ**　太陽と月はどうして回っているの？

**オーラン**　回らなかったら、ずっと夜だよ。それでもいいのかい、サルヴァトーレ？

**サルヴァトーレ**　困る。

**オーラン**　神のお恵みだ。神は正しく、私たちの住みやすいようにこの世界を作った。

**サルヴァトーレ**　それからどうなったの？

**オーラン**　しばらくの間、人々は神さまを見つけられず、間違った神さまを信じ続けた。

紀元前１２００年、エジプトにいたユダヤ人たちの前に神が現れ、戒律を授けた。

紀元前１０００年、ユダヤ人たちはイスラエルに王国を作った。

西暦０年、イエス様が生まれ、私たちのために死に、そして復活した。

西暦３８０年、キリスト教はローマ帝国の国教となったが、西暦３９５年、帝国は分裂した。その後たくさんの国が生まれて、消えた。

西暦１０９６年、最初の十字軍がイスラエルに向かった。十字軍は勝ったり負けたりしたが、その度に東方の知恵や書物を持ち帰り、文明が進んだ。火薬、印刷、羅針盤。１４９２年にコロンブスが新大陸を見つけ、１４９８年にヴァスコ・ダ・ガマがインド航路を開き、１５２２年にマゼランが世界一周に成功した。私たちは今や、地球の隅々まで知っている。知恵の光が、地球の隅々まで行き届いた。

**サルヴァトーレ**　パパは何でも知っているの？

**オーラン**　すべてご存じなのは神さまだけだ。だけど大事なことはみんな聖書に書いてある。パパは聖書を何度も読んだから、大事なことはみんな知ってるよ。

**ドナテッラ**　（顔を出して）いつまで起きてるの？　もう寝なさい？

**エレーナ**　はーい、ママ。さ、もう寝ましょう。明日は復活祭よ。

**サルヴァトーレ**　もう少しだけ。

**アンドレア**　（オフで）ごめんください。ごめんください。

**ドナテッラ**　はーい。こんな時間にお客さんだ。（と立ち去る）

**オーラン**　さあ寝よう。ほら、お空ももう真っ暗だ。

**サルヴァトーレ**　星と月で明るい。おおぐま座、うしかい座、おとめ座、しし座。

**エレーナ**　うみへび座、かみのけ座、こぐま座。

**オーラン**　寝なさい！　悪魔が来て、二人を食べちゃうぞ。

**エレーナ**　寝ます！

**サルヴァトーレ**　僕は寝ない！

**オーラン**　サルヴァトーレ！

大荷物を持った従者アンドレアと天文学者ガリレオ、それを追ってドナテッラが入って来る。

**アンドレア**　明かりが見えて、心底ほっとしました。一晩ご厄介になります。

**ドナテッラ**　お食事は？

**アンドレア**　こんな遅く、泊めて頂けるだけでありがたいんです。食事なんて。

**ドナテッラ**　今夜はお客が多いから、たくさん作ってまだ残ってるんです。すぐ温めますよ。

**アンドレア**　しかし……。

**ドナテッラ**　すぐですから、本当に。

ドナテッラは立ち去る。

**オーラン**　さあ、寝るよ、サルヴァトーレ。

**サルヴァトーレ**　もう一つだけ。

**オーラン**　寝るよ。

**サルヴァトーレ**　どうして星も月も太陽も、落ちて来ないの？

オーラン　空には天球という、大きな丸い殻《から》のようなものがあって、星も月も太陽もそこに張り付いているんだ。天球が回るから、星も回るし月も昇る。

サルヴァトーレ　ならどうして、星と月は動く速さが違うの？　明けの明星、金星は、おかしな動きをするの？

オーラン　一つだけって言っただろ。

サルヴァトーレ　パパ知らないんだ！

オーラン　聖書には書いてない。つまり、大事なことじゃない。

サルヴァトーレ　でも僕は知りたい。同じ殻に張り付いてるなら、同じ速さのはずだ。

**ガリレオ** 坊や。よくそんなことに気づいたね。さては君、パパの目を盗んで夜ふかしして、一晩じゅう空を見ていたな。

**サルヴァトーレ** 僕ちゃんと寝てるよ。

**ガリレオ** 嘘だな。月と惑星の運行速度について知るためには、何時間も夜空を見てなくちゃいけない。

**エレーナ** おじさんの言う通りよ。サルヴァトーレったら夜中に起きて、窓を開けたり、外に出たりすることもあるんだから。

**サルヴァトーレ** お姉ちゃん！

**ガリレオ** 悪い子だな。なかなか見込みがある。

**サルヴァトーレ**　おじさん、月と金星の動きの秘密を知ってるの？　知ってるんなら教えてよ。

**ガリレオ**　教えない。

**サルヴァトーレ**　知らないんだ。

**ガリレオ**　今夜も空を見てご覧。知ることは、見ようとすることから始まる。自分の目で見て得た知識は、人から聞いた知識よりずっと大事だ。よく見なさい。目を凝らして。

**サルヴァトーレ**　一晩見てたらわかる？

**ガリレオ**　ちゃんと寝なきゃダメだ、明日は復活祭だろ？　今晩は少しだけにしなさい。

**サルヴァトーレ**　少しだけ見て、わかる？

**ガリレオ**　見るのは少しでも、たくさん想像するんだ。じっと見つめて、よく読み取るんだ。宇宙は、聖書と同じ、神さまの書いた書物だ。よく読めば、素晴らしいことが書いてある。

**サルヴァトーレ**　わかりました。

**ガリレオ**　今夜見つけたものを明日、私に教えてくれ。そしたら、いいものを見せてやろう。

**サルヴァトーレ**　本当？

**ガリレオ**　明日になればわかる。

**ドナテッラ**　（顔を出して）あったかいスープの用意ができましたよ。どうぞ、どうぞ。

**アンドレア**　ありがとうございます。恩に着ます。（ガリレオに）さ、行きましょう。

**ガリレオ**　（サルヴァトーレに）ちゃんと寝るんだぞ。

ガリレオとアンドレア、立ち去る。

**オーラン**　星を眺める暇があったら、年号の一つでも覚えなさい。

**サルヴァトーレ**　少しだけ。すぐ寝るから。

**エレーナ**　私はもう眠い。

**オーラン**　一緒に寝よう。明日はうんと楽しい一日になる。

オーランはエレーナの手を引いて立ち去る。

**サルヴァトーレ**　知ることは、見ようとすることから始まる。自分の目で見て得た知識は、人から聞いた知識よりずっと大事だ。宇宙は神さまの書いた書物。よく読めば、素晴らしいことが書いてある……。

暗転。

# 二場　復活祭

街に朝が訪れる。Ｍ８のイントロが流れ始める。

居酒屋兼宿屋「子《こ》馬《うま》亭」の前に、人々がわいわいと集まってきて、挨拶を交わす。

**ニッコリーノ**　朝だぞ！　朝だ！　復活祭の朝です、待ち望んだ再生の光です！

**一同**　（口々に）おはようございます！　おはようございます！

**パオリーノ**　キリストは復活した！

**一同**　キリストは復活した！

**ニッコリーノ**　まことに復活した！

**一同**　まことに復活した！

**フランコ**　春分の季節、太陽は真東から昇り、真西に沈む。昼と夜の長さが、ほぼ等しくなる！

**ニッコリーノ**　蘇ったキリストは永遠の命を与える。信じる者は永遠の命を得る。

**パオリーノ**　キリストは復活した！

一同　キリストは復活した！

ニッコリーノ　まことに復活した！

一同　まことに復活した！

人々はそれぞれ手持ちの小道具、ジョッキや棒、木箱やモップを打ち鳴らし、リズムを刻む。

マルコ　今日から肉が食える！　豆だけのスープはもうおしまいだ、神さま万歳、ハレルヤ！

マリア　子羊を殺して丸焼きにしよう！　パンケーキを焼いてハチミツを垂らそう！

**ミルコ**　キリストは復活し、大地に作物は実り、牛は子をはらみ、空は今日も晴れている！

**ミリア**　子どもたちにお菓子とゆで卵を配ろう！　パンを焼こう、子ウサギを煮よう！

**ボッチョ**　金に糸目をつけるな！　盛大に祝おう、大いに食べよう！　ご馳走《ちそう》してやるぞ。

**一同**　エッピーバ！　ソノ・フェリーチェ！　ユッピー、フラー！

**マリスカ**　酒と音楽を！

何やら木箱や楽器、角材や布袋を大急ぎで運んでいる者たちの姿もある。

**パオリーノ**　運ぶんだ、早く、早く！　楽器が三つに、木箱が六つ、木材が九つ！
間に合わないぞ、マルコ！

**マルコ**　すんません、おいらまだ、台本がちゃんと入ってなくて。不安です、
大将！

**パオリーノ**　主役がそんなことでどうする！　ほら、頭から順番に言ってみなさい。

**マルコ**　人間たちよ、その鞭《むち》はあなた方が犯した罪の罰……。

**ヴェロニカ**　さっそく一行飛ばしましたよ！　あっ、ミルコが転んだ！

**パオリーノ**　何やってんだ、ミルコ！　気をつけなさい！

**ミルコ**　今行きます、今行きます！　ちくしょう、手がもう一本あれば。今すぐ行きます！

**ミリア**　あんた、しっかり！

学徒アダーモと青年アウグストがぶつかる。

**アダーモ**　おっとっと！　気をつけろ、少年。大丈夫かい？

**アウグスト**　すみません。右も左もわからなくって。お尋ねします、子馬亭という宿屋はどこに？　待ち合わせまであと5分なんです！

アダーモ　（一歩下がって、アウグストの身なりをじろじろ見てから）……0、1、1、2、3、5、8、13、21。
アウグスト　34、55、89、144、233。フィボナッチ数列。
アダーモ　正解。１７２９。この数字は、
アウグスト　二つの立法数の和として、二通りの形で表せる最小の数。
アダーモ　その通り。……君がアウグスト・ルブラン？　思ったより若い。
アウグスト　あなたがアダーモ・トリチェリ？　あなたこそ、思ったより若い。
アダーモ　子馬亭なら君の目の前。待ち合わせに間に合ったな！　僕たちの先生も、中にいるはずだ。

**アウグスト**　歌が聞こえる。

**アダーモ**　行こう。まずは一杯飲んで歌おう、話はそれからだ。

アダーモがアウグストの手を取って、建物（子馬亭）の中へいざなう。
明かりが広がり、建物の一階、居酒屋の様子が見える。
ガリレオを含め、十九人の登場人物がすべて居並ぶ。それぞれビールジョッキを持ったり、焼いた肉料理を持ったりして、大変上機嫌である。

**♪M8、喜びの歌、生命の讃歌。**

**繰り返される日常を祝う歌。民族舞踊、フォークダンスで用いるような、陽気で楽しく、活気のある歌。季節は巡り、命はまた芽吹く。繰り返される幸福、永遠の命。素朴に生きよう、質素に生きよう、幸福はその中にある。神はすべてを知っている。歌の中、踊り出す者もいる。食器や机を叩いてリズムを取る者もいる。全員が陽気に振る舞っている。**

歌が終わる。

**パオリーノ**　続きまして、聖アッキラ教会監修、商工業者組合合同製作、復活祭を記念するささやかな神秘劇、『地獄へ降りるキリスト』を上演致します。

**ニッコリーノ**　脚本、ニコラウス・ニッコリーノ！　私が書いたんです！　私が書いた！

**アナベラ**　お客さん、ビールもう一杯いかが？　どちらからいらしたの？　楽しんでます？

**アンドレア**　あぁ、じゃあもう一杯。楽しんでますよ、この街は美しい！

**アナベラ**　もしかしてローマからいらしたんじゃなくて？　宿帳の名前を見ましたが、もしかして、あなたたち……。

**パオリーノ**　静かに！　始まりますよ！

**ミルコ**　大変です、大将！　大工のジョゼッペが来ていません！

**パオリーノ**　大工のジョゼッペ！　なんてこった、あいつは確か、悪魔5の役じゃないか。

ミルコ　呼びに行きますか？

パオリーノ　もう開演だ。間に合わない。まぁいいだろう、悪魔が一人くらいいなくっても……。

ニッコリーノ　ダメです！　悪魔が減ったら迫力が出ない。芝居が台無し！　それが衣裳ですか。

ミルコ　はい。

パオリーノ　しかし衣裳があっても肝心の中身がいなけりゃ……。

ニッコリーノ　ちょっと君！

**アウグスト**　はい！　え、僕ですか？

**ニッコリーノ**　話は聞いてたな？　代役を頼みたい！　この日のために三ヶ月も稽古したんだ。

**アウグスト**　代役なんて！　台詞は？

**ヴェロニカ**　短いからすぐ覚えられるわ。大丈夫、簡単よ。私の後に言えばいいから。

**ミルコ**　（衣裳を渡して）さ、これを着て。

**アウグスト**　動きはどうするんです。

**ヴェロニカ**　あなたは地獄の悪魔。きっかけが来たらキリストに殺されるまで人間を鞭打つだけ。気持ちを込めて、憎しみいっぱいに、人間を鞭でひっぱたけばいいの。簡単でしょ？

**アウグスト**　しかし……。

**ニッコリーノ**　しかしもかかしもない！　引き受けてくれ！

**アウグスト**　衣裳もダボダボですよ！

客席からマリスカが声をかける。

**マリスカ**　（出演者たちに）ちょっとあんたら、見切れてるよ！　悪魔が丸見えだ！　（アナベラに）ビール、もう一杯下さいな。

**アナベラ**　あいよっ。

**マリスカ**　（アンドレアに）おや？　見ない顔だ。ご旅行？

**アンドレア**　そんなところです。

**マリスカ**　街なんか見てもつまんないでしょう。今晩、どーお？　復活祭だ、割引するよ。

**アンドレア**　じ、自分はこう見えて、妻も子どももありますから！

**マリスカ**　そっちのあんたは、どーお？　おじいちゃん。あんたも奥さんが大事？

**ガリレオ**　わしゃ離婚してるから大丈夫。ウン、せっかくだし……。

**アンドレア**　やめて下さい！

**ニッコリーノ**　静かに！　始まりますよ！

**マリスカ**　私のために特等席を用意しなさい！　キリストの死と復活を見届けたマグダラのマリアは娼婦だったんでしょう？　なら私に、特等席を用意しなさい。しっかり見物してやるわ。

**アナベラ**　こちらへどうぞ。

**ニッコリーノ**　はじまり、はじまり！

# 三場　復活劇

太鼓が打ち鳴らされ、笛が吹かれ、開演の合図が響き渡る。

舞台上の幕が開く。十字架にかけられたイエス・キリストの姿が見える。

やや離れて、嘆いている人々たちの姿。みな手作りの衣裳で扮装している。

配役は以下の通り。

（キリスト：マルコ　序詞役＆サタン：ニッコリーノ　悪魔1～5：アウグスト、ドナテッラ、マリア、ミリア、ヴェロニカ　人間たち：アダーモ、ボッチョ、フランコ、オーラン、ミルコ　演出：パオリーノ
その他、太鼓や笛など　観客：ガリレオ、アンドレア、マリスカ、アナベラ、エレーナ、サルヴァトーレ）

**一同**　イエス様！　ああ、イエス様が亡くなった！　イエス様が亡くなった！

**序詞役**　どうしてこんなことが起こったのでしょう？　どうして素晴らしい生き方をなさったイエス様が、このようなひどい終わり方をされるのでしょう？　いいえ、終わりではありません。イエス様はとても悪い私たち人間のために、身代わりに殺されることを知っていました。そして神さまは、自分の子イエス様を、放っておくわけがないのです。そしてイエス様の魂は地獄を訪れました。そして罪人たちの様子をご覧になったのです。

悪魔たちが人間たちを鞭打っている。

**キリスト**　やめなさい、悪魔たちよ！　なぜ人間たちを鞭打つのです？

**悪魔1**　この男は神を信じなかった。

**悪魔2**　この女は嘘をついた。

**悪魔3**　この男は殺人を犯した。

**悪魔4**　この女は姦淫《かんいん》にふけった。

**悪魔5**　この男は盗みを働いた。

**サタン**　だからこの人間たちは鞭打たれ、地獄の火で焼かれるのだ。人は自分の蒔いた種を、自分で刈り取らなければならない。肉に蒔いた罪の種は肉から刈り取り、魂に蒔いた罪の種は魂から刈り取る。さあ鞭を打て、鞭を打て。魂に罰を与えよ！

悪魔たちは人間たちを鞭打つ。

**キリスト**　人間たちよ。確かにあなた方は罪を犯した。その鞭はその罪の罰。しかし悔い改めれば、罰は永遠には続かない。天の国はあなた方のためにある。

**サタン**　この鞭は罪をあがなう痛み。鞭を打て！

**悪魔たち**　鞭を打て！

**キリスト**　この手はあなた方のために釘に打たれた。この腹はあなた方のために槍で突かれた。私の命によって、あなた達の罪はあがなわれた。

**サタン**　すべての罪は裁かれる。鞭を打て！

**悪魔たち**　鞭を打て！

**キリスト**　悪魔たちよ、退《の》け！　神のいかずちに切り裂かれたくなければ！

ドドドン、ドン、ドン！　太鼓が鳴り響く。キリストは剣を抜き、悪魔たちを殺す。

**キリスト**　神は、善であれ悪であれすべてを見通し、すべての業《わざ》をさばかれる。神を信ずる者はとこしえの生命を持ち、神に従わぬ者は生命を見ず、神の怒りを受ける。

**人間たち**　ハレルヤ！

**キリスト**　一度は罪を犯した人間たちよ、あなた方の罪を清めるために、私は一度死に、この地の底に来た。今やあなた方の命は救われた。さぁ、光の国へ入ろう。地獄の門を打ち破れ！

ドンドン！　人間たちが地獄の門を叩き破る。門が破れ、キリストは地上に戻り、復活する。

**人間1**　キリストは復活した！

**一同**　キリストは復活した！

**人間1**　まことに復活した！

**一同**　まことに復活した！

**キリスト**　このイエスを、神は蘇らせた。そして、あなたたちは皆、その証人なのである。

音楽が流れ、劇が終わる。パオリーノが感激して猛烈に拍手をする。出演者たちは仮面や衣裳を外し、照れながらカーテンコールをする。

**ガリレオ**　ブラヴォー、ブラヴォー！　アンコール！　もう一杯！　お姉ちゃん、ビールもう一杯！

**アナベラ**　あいよっ。

**アンドレア**　（アナベラに）いえ、結構です、持ってこないで下さい。（ガリレオに）先生、もうダメです！　飲むなら先に手紙を書いちまって下さい！　さ、行きますよ！

**アダーモ**　はじめまして、先生。お約束していたパドヴァ大学のアダーモ・トリチェリです。落体の法則についてお話を聞かせて頂くはずでしたが……。

**アンドレア**　悪いけど急用が入ってね。二階にいます。用が済んだら降りてきますから。（ガリレオが残ったビールを飲んでいるのを見て）あっ、こら、人の目を盗んで！（アナベラに）この人にビールを与えないで下さい！（ガリレオに）行きますよ！

**アダーモ**　ちょっと、約束が違います！

アンドレアに引っ張られてガリレオが立ち去る。アダーモも少しそれを追う。

**パオリーノ**　みんな、お疲れ様！　よかった、よかった、ここ数年で一番の出来だ！

（マルコに抱きつき）良かったぞ、マルコ！　役者になれるんじゃないか？

**マルコ**　大将！

**ヴェロニカ**　（アウグストに）あなたも素晴らしかった、ありがとう。

**アウグスト**　どう致しまして。

**ヴェロニカ**　私たちキリスト教徒はイエス様に助けられたという感謝の心がある、だから隣人を助けられる。「自分を愛するように隣人を愛せよ」。善きサマリア人の話をご存じでしょう？

**アウグスト**　そんな、大したことは何も。――しかし、何です、この話は？　キリストが地獄へ降りて悪魔を打ち倒したなんて話、聖書にありましたか？

ニッコリーノ　ペテロの手紙やエフェソ信徒への手紙に記載があります。

パオリーノ　どんな罪人でも悔い改めれば救われるということです。神は寛大です。

ニッコリーノ　だけど同時に、神さまは厳しくもある。悪いことをしたら、誰もが鞭を逃れられない。台本は私が書いたんです！　作家の意図は、むしろそこにありまして。

ヴェロニカ　神の目の前で隠れられるものは一つもなく、すべてが裸であり、さらけ出されている。神の目はすべての善を見逃さないように、あらゆる悪を見逃さない。

ニッコリーノ　（サルヴァトーレに）悪い子はいねぇか？　鞭のいる子はいねぇか？

サルヴァトーレ　僕何も悪いことしてないよ！

ドナテッラ　ゆうべは随分夜ふかししたみたいじゃない？　サタンさま、この子に鞭を！

サルヴァトーレ　やめてよ！

ニッコリーノ　悪い子だ、サルヴァトーレ！　この鞭で、悪い魂を追い出してやる！

サルヴァトーレ　僕は悪くない！　鞭はいらない！

ヴェロニカ　鞭ならあのジプシー女にくれてやったら？

間。ヴェロニカだけ愉快そうに笑う。

**マリスカ**　……ナザレのイエスは娼婦を指差して、罪のない者だけが石を投げなさい。だっけ？　そう言ったんじゃなかったっけ？

**パオリーノ**　その通りです。

**ヴェロニカ**　娼婦の口は蜜のように甘く、油より滑らかだ。しかしその終わりは苦よもぎのように苦く、剣のように鋭い。その足は死に下り、その歩みは地獄に通じている。

**マリスカ**　どういう意味さ。

**ヴェロニカ**　娼婦は甘い言葉で嘘を付くが、やがて罰を受ける。そして地獄に落ちる。

**マリスカ**　（アナベラに）ビール！　……ちょっとあんた、聞こえた？　ビール！

**アナベラ**　あいよっ。

**ヴェロニカ**　娼婦は深い穴、狭い井戸。強盗のように待ち伏せて、人々の間に裏切り者を多くする。（マリスカが立ち上がったので）どこに行くの？

**マリスカ**　ちょっとトイレ。

**ヴェロニカ**　行ってらっしゃい。

マリスカは立ち去る。

**パオリーノ**　……しかし、ジョゼッペの奴は全くけしからん！　本番をすっぽかすなんて！　寝坊でもしてるのかな？（ミルコに）ちょっと家まで行って、見て来なさい。

**ミルコ**　今からですか？　もう終わったのに？

**パオリーノ**　芝居は終わった。しかし復活祭のお祝いは、これからだ。楽しくやろう、乾杯！

**一同**　乾杯！

一同は乾杯する。ミルコはジョゼッペの様子を見に行くため、立ち去る。

## 四場　噂話

アナベラ　ビール、いかがっすかー？　ケーキに、お菓子、子羊の串焼きはいかがっすかー？

マルコ　ビール！

マリア　あたしもビール！

マルコ　（驚いて）飲むのか、お前。

**マリア**　キリストは復活した！　ビール二丁！

**アナベラ**　あいよっ！

**ドナテッラ**　（エレーナとサルヴァトーレに）あんたたち、ケーキ食べる？　それとも羊の串焼きか、サルシッチャか。何でも好きなもの頼みなさい。

**エレーナ**　あたし、ケーキが食べたい。プリンもいい？

**ドナテッラ**　いいとも。

**サルヴァトーレ**　僕、ビール！

ドナテッラ　ビールはダメ！（アナベラに）ケーキとプリンとサルシッチャとビール。

アナベラ　あいよっ！

サルヴァトーレ　ビールいいの？

ドナテッラ　あたしが飲むの。

パオリーノ　あっためたビールを二つもらおうか。あと、パスティエラはあるかい？

アナベラ　ありますよ。

郵便はがき

おそれいりますが切手をおはりください。

101-0052

東京都千代田区神田小川町3-24

# 白水社 行

## 購読申込書

■ご注文の書籍はご指定の書店にお届けします。なお，直送をご希望の場合は冊数に関係なく送料300円をご負担願います。

| 書名 | 本体価格 | 部数 |
| --- | --- | --- |
| | | |
| | | |
| | | |

★価格は税抜きです

(ふりがな)

お名前　　　　(Tel.　　　　　)

ご住所　(〒　　　　　)

| ご指定書店名（必ずご記入ください） | 取次 | （この欄は小社で記入いたします） |
| --- | --- | --- |
| Tel. | | |

|『人類史』について | (9813) |
|---|---|

■その他小社出版物についてのご意見・ご感想もお書きください。

■あなたのコメントを広告やホームページ等で紹介してもよろしいですか？

1. はい（お名前は掲載しません。紹介させていただいた方には粗品を進呈します）　2. いいえ

| | | | |
|---|---|---|---|
| ご住所 | 〒　　　電話（　　　） | | |
| （ふりがな）<br>お名前 | （　　歳）<br>1. 男　2. 女 | | |
| ご職業または学校名 | | お求めの書店名 | |

■この本を何でお知りになりましたか？

1. 新聞広告（朝日・毎日・読売・日経・他〈　　〉）
2. 雑誌広告（雑誌名　　）
3. 書評（新聞または雑誌名　　）　4.《白水社の本棚》を見て
5. 店頭で見て　6. 白水社のホームページを見て　7. その他（　　）

■お買い求めの動機は？

1. 著者・翻訳者に関心があるので　2. タイトルに引かれて　3. 帯の文章を読んで
4. 広告を見て　5. 装丁が良かったので　6. その他（　　）

■出版案内ご入用の方はご希望のものに印をおつけください。

1. 白水社ブックカタログ　2. 新書カタログ　3. 辞典・語学書カタログ
4. パブリッシャーズ・レビュー《白水社の本棚》（新刊案内／1・4・7・10月刊）

※ご記入いただいた個人情報は、ご希望のあった目録などの送付、また今後の本作りの参考にさせていただく以外の目的で使用することはありません。なお書店を指定して書籍を注文された場合は、お名前・ご住所・お電話番号をご指定書店に連絡させていただきます。

**パオリーノ**　じゃあそれを一つ。

**アナベラ**　あいよっ。ところで神父さん、さっきまでそこに座ってた黒服の男とそのお供、今は二階に引っ込んじゃいましたけど、あいつら誰だか知ってます？

**パオリーノ**　知らないな。あと、スフォリャテッラもあるかな？

**アナベラ**　ガリレオですよ。異端尋問の、ガリレオ・ガリレイ！　地球がぐるぐる回っているなんて言って、ローマ教皇に呼び出された……。

**パオリーノ**　ガリレオ？　知らないな。

**ニッコリーノ**　今や時の人です。あまりいい意味ではありませんが。

**アナベラ**　ガリレオって言ったら今や、地獄に落ちそうな有名人第一位、子どもに見せたくない有名人第一位、上司にしたくない男第一位、抱かれたくない男第一位。

**ニッコリーノ**　火《ひ》炙《あぶ》りにしたい学者第一位でもあります。

**アナベラ**　こっそり宿帳を見たらガリレオの名前が書いてあって、あたしゃ叫び出すとこでした。（アダーモを指差して）あそこに座ってるあの背の高い学者さん。あの人が面会を申し出たんですって。

**パオリーノ**　ありゃ誰です。

**ニッコリーノ**　あれはパドヴァ大学の物理学教授、アダーモくんです。背の低い方は知りませんな、この街の者じゃない。

アナベラ　あの二人も今日初めて会ったんですって。ガリレオなんかと待ち合わせして、何かよからぬことを企んでるんじゃありません？

ニッコリーノ　何か喋ってるぞ。聞こえるか？

離れて座っているアダーモとアウグストの姿が見える。

アダーモ　それじゃあ学校へは通わず、すべて独学で数学を学んだのですか！

アウグスト　ラテン語とギリシャ語は学校で学びました。それで父の書斎にあった、数学の本を読むようになって……。

**アダーモ**　しかし手紙に書かれていた数式の数々は、ユークリッドやアルキメデスのような古典数学はもちろん、微分や積分のような現代数学を踏まえたものでした。一体どうやって？

**アウグスト**　それを教えてくれたのはあなたです、アダーモ。あなたとの手紙のやり取りから、僕はたくさんのことを学びました。

**アダーモ**　僕は教えていない！　てっきり君がどこかの大学で学んでいるものだと思って、最近の数学上の問題について書いただけです。あれを読んで内容を理解し、自分のものにしたのなら、大した才能です。どうして大学で学ばないんです？

**アウグスト**　……あなたに会えるのを楽しみにしていました。しかも、数学・物理学・天文学、あらゆる分野で次々と新しい法則を導き出している偉大なるガリレオ教授とあなたが対話するところに同席できるなんて、これ以上の喜びはありません。何の話をなさるおつもりで？

**アダーモ**　話の入り口は落体の法則からです。落下する物体の速度、位置、時間について。しかし、これは僕の考えですが、その方程式は落体だけでなく、より広い運動の法則……、様々な物質の運動について、適応できるのではないかと思うのです。

**アウグスト**　どういうことです？

**アダーモ**　僕にもまだわかりません。だから先生に話を聞くのです。

太鼓が打ち鳴らされ、笛が吹かれ、開演の合図が響き渡る。
（ここまでに一度退場したマリスカは酒場に戻り、部屋の隅に座っている）

マルコ　開演の合図だ。大将！　第二幕まで準備してたんで？

パオリーノ　いや知らない。何だ？

# 五場　株を買わんかね！

幕が開き、投資家ボッチョと船乗りフランコが現れる。
一同はぽかんとして、ボッチョの演説に耳を傾ける。

**ボッチョ**　さぁ、お立ち会い、お立ち会い！　今日はここだけの話、最新流行の商品、時代を変える新しいビジネスのご紹介だ。これぞまさに現代の魔法、ついに見つかった錬金術、たいしたもんだよ蛙のションベン、見上げたもんだよ屋根屋のふんどし！　財布の中の10スクーディが、何もしないで15スクーディになり、20スクーディになり、

100スクーディなら150にも200にもなる驚きの買い物だ。

**マルコ**　何だい、そりゃ？

**ボッチョ**　時は今や大航海時代。アメリカ大陸、インド航路、アフリカ黄金海岸！船乗りたちは次々と新しい土地を見つけ出し、巨額の富を築いています。しかし、先立つものは金だ。船を買わなきゃ冒険にゃ出られねえ。しかし王侯貴族ならいざ知らず、私ら庶民に船が買えますか？どうです？

**マルコ**　買えるわけがない。

**ボッチョ**　それが、買えるんです。株を使えば。

**マリア**　株？　あんた、いつから八百屋になった！

**ボッチョ**　その株じゃねぇんです。例えば私が新しい事業を計画したとする。非常に有望で、可能性に満ちた、新しい事業です。仮にこの事業を始めるのに、1万スクーディの元手がかかるとする。もちろん誰も1万スクーディなんて払えない。しかしこれが、100スクーディならどうです？　100分の1の、100スクーディなら？　これなら何とか、払えそうじゃありませんか？
そこで私はこの事業を始めるために、100スクーディの株券を100枚用意する。これは誰でも買える。マルコ、あんたも100スクーディ出せば株券が買える。それが100枚売れたら、どうです？　私は株を使って、1万スクーディ集められる！

**マルコ**　株を買うと、何かいいことがあるのかい。

**ボッチョ**　いい質問だ！　仮にこの事業で、100万スクーディの儲《もう》けが出たとしましょう。するとマルコ、株を一つ持ってるあんたは、この儲けに対して100分の1、1万スクーディ分の権利を持ってることになる。つまり100スクーディで買った株が、1万スクーディになって返って来る！　これを最近じゃ株式会社と呼ぶんです。さぁみなさん、1株どうです？　株を買わんかね！

**マルコ**　俺でも買えんのか。

**ボッチョ**　誰でも買えます。今の100スクーディが、未来の1万スクーディになる！

**マルコ**　買った！

マリア　おいこら、やどろく、ろくでなし！　勝手に買い物するんじゃないよ！

マルコ　だって1万スクーディになって返ってくるんだぞ。

アダーモ　ちょっと待った！　確かに今彼が言った通り、事業が成功すれば儲けになるが、失敗すればお金は返って来ない。株券はただの紙切れになる。

マルコ　何ぃ？　聞いてないぞ！

ボッチョ　私ははっきり言いましたよ、「仮に」この事業で儲けが「出たら」、と。

アウグスト　「仮に」100万スクーディの儲けが出れば、確かに配当は1万スクーディ、利率９９００％。しかし儲けが1万なら配当は100で利率は０。５０００なら配当50、利率マイナス50％。

**マルコ**　マイナスって何だ。

**アダーモ**　平たく言えば、損したってことです。

**マルコ**　損！

**アウグスト**　そして仮に税が15％、経費が３０００スクーディ、内部留保を５％として計算すると、２万スクーディの儲けが出ても配当は２万マイナス３０００かける０・８割る100だから136スクーディ、利率はマイナス100割る100かける100で36％。

**マルコ**　通訳！

**アダーモ**　経費や税を計算に入れると、損する可能性はもっと高い。

**マリア**　絶対儲かるわけじゃないの？

**マルコ**　そんなの、博打《ばくち》と変わらないじゃねぇか！

**ボッチョ**　それは違う。確かに儲けが出ないことも稀《まれ》にあるが、十中八九、儲かるのです。なぜか。私たちは日々、進歩している。新しい技術を身に着け、知識を得て、航海も冒険もより確かなものになりつつある。つまり株とは、人間の進歩、未来への信頼なのです。今日よりも明日、明日よりも明後日、私たち人類が豊かになっていることをうまーく使った、明るい資産運用なのです。

**オーラン**　具体的には、何の事業を始めるんです。

ボッチョ　私の友達を紹介しましょう。優秀な船乗りで、フランコと言います。

フランコ　事業の柱は大きく分けて二つ、貿易と入植です。貿易は確実、かつ安全。海の向こうでたくさん手に入るものを安く買い、国に帰って高く売る、これだけ。胡椒《こしょう》や茶、絹、金、奴隷などを買って帰ればいい。入植ならもっと儲かる。土地を手に入れ、現地の野蛮人を奴隷にし、畑を作らせ、監督し、収穫した作物を持ち帰る。ボロ儲けよ。海はずいぶん安全になった。今や地球が丸いことも、星座の位置もわかるようになった、船の上でも日時や場所や方角がわかるようになった。そして日々、天体観測の精度は上がっている。最近じゃ太陽じゃなくて地球が回っている……ということにして計算すれば、より正確に星の位置が予想できる、地動説というものさえ考え出された。

**パオリーノ**　誰ですか、そんな馬鹿げた、荒唐無稽な、逆立ちしたような話をするのは。

**フランコ**　ポーランドのコペルニクス。あと、トスカナ大公・メディチ家のお付き数学者、ガリレオ・ガリレイ。

**一同**　ガリレオ・ガリレイ？

**パオリーノ**　神さまは人間のために大地を作った。そして大地を照らすために太陽を作った。大地が太陽の周りを回ったら、すべてあべこべ、召使いのために王様が走り回るようなものです。

**フランコ**　本当に地球が動いているかどうかなんてどうでもいい。しかしそう考えれば、より正確に計算ができる。

ニッコリーノ　マタイによる福音書、第五章二十八節にはこうあります。情欲を抱いて女を見る者は、心の中ですでに姦淫を犯した。誤った考えを抱くことは、実際に罪を犯したのと同じく罪なのです。

ボッチョ　やめて下さい、修道僧さま！　あたしらは聖書にケチをつけるつもりはありません。ただ株を売りたいだけでして。さぁ、仕切り直しだ。誰か、株を買わんかね！

アナベラ　あたし買う！　有名だもの、最近ボッチョは株を売って、王様よりも稼いでるって。

ボッチョ　それほどでも。

マリア　やっぱり買った方がいいのかね。

**マルコ**　金持ちになれるかもしれんしね。

**ニッコリーノ**　富める者が神の国に入るのは、らくだが針の穴を通るより……。

**ボッチョ**　もちろんです、もちろん知ってます。

**ニッコリーノ**　汗を流して働くならまだしも、何もしないで金が増えるなんて、ユダヤ人が利子をとって金を貸すのや、ジプシーが怪しげな占いで金を増やすのと変わりません。

**ボッチョ**　投資は金貸しとは違います。新しい挑戦を支援し、人類の発展を促すお手伝いです。

ニッコリーノ　果たしてそれを神さまがお喜びになるか。

ボッチョ　怒っていたら、後で教えて下さい。さぁ、株はいらんかね！　株を買わんかね！

一同はざわざわしている。

# 六場　布告

息を切らして、ミルコが飛び込んで来る。目が泳ぎ、うろたえた様子である。
あまりの剣幕に、一同、言葉を失い、沈黙する。

**パオリーノ**　……ご苦労だったね、ミルコ！　どうした、鳩が豆鉄砲を食《くら》ったような顔して。ジョゼッペの家で悪魔にでも会ったかい。

**ミルコ**　そうです。

**パオリーノ**　は！　冗談はよしなさい。

**ミルコ**　（手紙を渡し）これを読んで下さい。声に出して、はっきりと。破滅が来たのです。お許し下さい、神よ、私の罪を許し、あなたの国に受け入れて下さい……。

**パオリーノ**　落ち着きなさい。大丈夫だから。

パオリーノの代わりにオーランが手紙を受け取り、開いて読む。

**オーラン**　布告。１６１６年、４月の３日、日曜日。余、ヴェネツィア市の役人、ヴィットーリオ・ヴィンセンティオは、医師ベルナール・リウー立ち会いの下、カティアノ区48番49号の農夫、ジョゼッペ・ジネリの死を記録する。ジョゼッペは8時40分に死んだ。ジョゼッペは全身に黒いあざを浮かべて死んだ。ジョゼッペはペストであった。

……このため余は、ジョゼッペの所有する家屋を封鎖し、一切の立ち入りを禁ず。死体はただちに土に埋め、葬儀への立ち会いは家族でさえ認めない。またジョゼッペの住むカティアノ区では、ただちにすべての芝居、集会、音楽会、熊いじめを禁じ、すべての居酒屋、食堂、市場、浴場を閉鎖する。ジョゼッペはペストであったからだ。

この命令に背く者は法令により罰を与える。

……この布告の真正にして有効なことを神と共和国の名において誓う。

## ミルコ

おかみさんはもう首も手も真っ黒でパンパンでした。子供たちは熱が出て、咳が止まらず、そのうち一人はもう意識がありませんでした。俺が出るとき、おかみさんは瀉血《しゃけつ》を受けていました。家族はみんな、イトスギのおがくずとすり潰したバラで作った薬を飲んでいました。お隣のイブンの家も、アルベルトの家も、復活祭なのに門を閉ざして、呼んでも返事もなく、地獄の底のように静かでした。

**マルコ**　昨日までは元気だった。

**ミルコ**　昨日帰ってから、急に具合が悪くなったそうで。

**マルコ**　昨日まで、おいらたちは毎日一緒だった。芝居の稽古で……。

**マリア**　そう言えば、あんた今朝、いつもより多く水を欲しがったね。もしかして、あんた……。

マルコの近くに座っていたミリアが、短い悲鳴を上げ、大慌てで席を立ち、マルコから離れる。

**マルコ**　おい、奥さん！　おいらは大丈夫だよ！　おいらは大丈夫だ！

**ヴェロニカ**　奥さん、慌てないで。

**ドナテッラ**　（ミルコに）あんたこそ、ジョゼッペの家に入ったんだろう。おかみさんや子どもたちに会ったって言ったね。病気を運んで来たかもしれない。

**ヴェロニカ**　落ち着いて下さい。この人は……。

**ドナテッラ**　うちには子どもが四人いる。うちの敷居は跨《また》がないでもらいたいね。あんただけじゃない、みんなだ、芝居の稽古で一緒だったんだから。出て行きなさい！

**ヴェロニカ**　落ち着きましょう。私の話を聞いて下さい。

ドナテッラは不機嫌そうに座る。

**ヴェロニカ**　こんな、魔女狩りのような、尋問のような、犯罪者探しのようなことをしても始まりません。ゆっくり、一つずつ話しましょう。すべての物事には原因があり、理由があります。落ち着いて対処しなければ、それこそ悪魔たちの思う壺です。私たちには理性があります。そして私たちは助け合えます。冷静に対処すれば、最悪の事態は防げます。
――考えてもみて下さい。よりにもよって、復活祭の朝にペストが出た。これが果たして偶然でしょうか？　この街ではペストは、何年ぶりになるでしょう？　オーラン？

**オーラン**　前回の大流行が１５７６年、ちょうど40年ぶりです。

**ヴェロニカ**　ありがとう。これが偶然のはずがありません。神の意志に関係がある。よく知られたことですが、ペストは神の怒り、無言のうちに下される私たちへの罰。思い当たる節はありませんか？

**マルコ**　おいらたちは何もしてない。

**ヴェロニカ**　いいえ。ジョゼッペです。

**マルコ**　ジョゼッペ？　あいつが？

**ヴェロニカ**　ちょうど一週間ほど前でしたね。あの男が夜中、深い穴、狭い井戸、汚らわしい寝床であるジプシー女・マリスカの家を訪れ、金で体を買い、まぐわい、姦淫の罪を犯したのは。……どうしたんです？

みんな知ってることじゃありませんか？　男たちは酒場で、女たちは井戸端で、その話で盛り上がったじゃありませんか。

**マルコ**　そうだよ。あいつは娼婦を買った。ジーナという妻がありながら別の女を抱いた。神さまの言いつけに背いた。

**ヴェロニカ**　それを笑って見過ごしたのは誰です？　よくあることだと冗談にしたのは誰です？　ヒソヒソと物陰で噂にするだけで、警察にも教会にも突き出さず、見逃したのは誰です？　あなたたちです。ジョゼッペを正しく罰しなかったがゆえに、ジョゼッペに遥かに厳しい罰を与えてしまったのは、あなたたちなのです。
あの男は先週、正しく鞭に打たれていればよかった。そうしたら命まで落とすことはなかった。

ニッコリーノ　この街に来る前、ペストはロンドンにいました。約十年間、あの街ではびこり、5万人以上の人たちを殺しました。その前はドイツやスイス、ポーランド、ロシアにいました。この意味がわかりますか？

ヴェロニカ　ロンドン、ヘンリー八世、離婚を繰り返し破門された。ドイツ、マルティン・ルター、プロテスタント。スイス、カルヴァン、この男もプロテスタント。

ニッコリーノ　その通りです。キリスト教の異端。ローマ教皇の教えに背き、信仰を捻《ね》じ曲げた人々。彼らがペストを招き入れたのです。

ヴェロニカ　神の目の前で隠れられるものは一つもなく、すべてが裸であり、さらけ出されている。神の目はすべての善を見逃さないように、あらゆる悪を見逃さない。

マルコ、マリスカの腕を掴み、引き出し、地面に引き倒す。

**マルコ**　この女に鞭をやろう。私たちの見過ごしていた罪に、鞭をやろう。

**マリスカ**　冗談じゃない！　私は男たちに優しくしてやっただけ。売るのが罪かしら？　それとも買うのが罪かしらね？

**ヴェロニカ**　なぜ自分に罪がないと思えるのか。

ニッコリーノはマリスカを鞭打つ。

**マリスカ**　やめて。

**ヴェロニカ**　あなたがたは、自分の体がキリストの体の一部だとは知らないのか。キリストの体の一部を娼婦の体の一部としてもよいのか。決してそうではない。

**マリスカ**　やめて。

**ヴェロニカ**　みだらな行いをする者は、自分の体に対して罪を犯している。知らないのですか。あなたがたの体は神から頂いた神殿。主の分け与えた肉。あなたがたはもはや、自分自身のものではない。

**マリスカ**　きちがい！

**ヴェロニカ**　ジョゼッペを殺したことについて、どう思っているのか。反省の色はないのか。

**マリスカ**　あいつは楽しそうだった。私に感謝していた。私を崇めていた。喜んで金を払ったし、また来たいと言っていた。反省？　私が？　何で？

**ヴェロニカ**　なぜ神を信じないのか。

**マリスカ**　笑わせないで。あなた、頭大丈夫？

**ヴェロニカ**　この女を弁護する者は。この女にこの街に居残って欲しい者は。

間。

誰も手を挙げない。

**ヴェロニカ**　みんなもこう言ってる。よかった。広場で丸焼きにしろなんて言い出す人がいなくって。

**アウグスト**　本当に追い出すんですか。

**ヴェロニカ**　あなたは黙ってて。この街のことは、この街のみんなで決める。

**マリスカ**　ありがとう、みんな。ありがとう、火炙りにするのは見逃してくれて。

ありがとう、今まで長いこと、私をこの街に置いてくれて。

ありがとう、マルコ。あんたはいつも、犬のようにするのが好きだったね。いつもありがとう。

ありがとう、ミルコ。あんたはあのおかしなところに生えてる毛、剃《そ》った方がいいんじゃない？　いつもありがとう。

ありがとう、ニッコリーノ。だけど鞭を打つのは、娼婦だけにしておきなさい。いつもありがとう。

**ニッコリーノ**　この女は嘘をついています。この女は嘘をついています。

**マリスカ**　また会いましょう。さようなら、みんな。どうもありがとう。

マリスカは立ち去る。

間。

フランコが歩み出て、ニッコリーノの前にひざまずく。

**フランコ**　私はかつて盗みを働いた。海の向こう、異教徒の、野蛮人の持ち物ですが、罪を犯した。私の罪に鞭を。

ニッコリーノはフランコに向き直り、鞭を振るう。

ニッコリーノ　神は我々に悔悟《かいご》の念を示すことを求めておられる。かつて天から一通の書状が届き、そこにはこう書かれていた。フラジラント、鞭打ち苦行者、すなわち自らを鞭打つ者たちだけが救われる。

パオリーノ　鞭打ち苦行は今は禁じられているんだよ。

ニッコリーノは服を脱ぎ、自らの肌を鞭打つ。

ニッコリーノ　キリストは自らの魂で人類の罪をあがなった。私もこの鞭で皆の罪を引き受けましょう。

パオリーノ　思い上がるんじゃない。たかが人間がキリストの真似をするなんて。

ニッコリーノは自らを鞭打つ。

**ニッコリーノ**　私に続く者は。

マルコも鞭を拾い、自らを打つ。

**ヴェロニカ**　二階にいる二人を降ろして来なさい。あの二人が来たのもゆうべでしょう。

**アダーモ**　何ですって？　あなたまさか、あの偉大なガリレオ・ガリレイ先生にまで難癖をつけて、吊るし上げるつもりですか？　あの哀れなロマの女と同じように。彼は当代一の天文学者、時代が生んだ最高の精神の一人ですよ。

**ヴェロニカ**　弁明なら本人から聞きましょう。二階にいる二人を降ろして来なさい。

**アナベラ**　呼んできます、あたし。……二階の奥の部屋ですよね？　おかみさん。

**ドナテッラ**　（うなずく）

**アナベラ**　行って来ます。

アナベラが立ち去る。

**ドナテッラ**　二階にいるあの男は、教会から異端の宣告を受けたんだろう？　なんて奴を泊めちまったんだ！　異教徒に部屋を貸すよりよっぽど悪い。私はゆうべ、あいつらにスープを飲ませちまった。きちんと温めて……。まずいことしちまったかしら？

**ニッコリーノ**　（ドナテッラに向き直り）きちんと反省の色を示せば、許して頂けます。

**パオリーノ**　やめなさい。

**ドナテッラ**　お願いします、修道僧さま。

ドナテッラは震えながら床にひざまずき、ニッコリーノの鞭を受けようとする。するとそこへ、アンドレアが姿を現す。やや遅れてアナベラの姿。一同、息を呑む。

# 七場　アンドレア

アンドレア　先生はお仕事中です。お話にはなりません。

ドナテッラ　悪いんだけど、出てってもらおうと思うんだ。少なくとも、今晩は泊められない。

アンドレア　……わかりました。日が暮れるまでには荷物をまとめましょう。

アダーモ　そんな必要はありません！　どうしたんですか、みなさん？　先生が天文の研究をしたせいでペストが出たなんて、本気で考えてるんですか？

**ヴェロニカ**　異端として認められたんです。本当なら火炙りです。

**アンドレア**　それは違います。皆さんは誤解しておられる。……確かに先生は、ここに来る前、ローマの検邪聖省《けんじゃせいしょう》……つまり異端尋問所に呼び出されました。しかし受けたのは注意です、先生はそれを受け入れられた。異端宣告は出ていません。先生は約束されました。「太陽が世界の中心にあって動かず、地球が動くという考えを全面的に放棄します。その考えをこの先、話すことも、書くこともせず、教えることも、弁護することもしないことを約束します」。先生は神に従ったのです。

**ヴェロニカ**　弁明なら本人の口から聞きましょう。連れてきなさい。

**マルコ**　そうだ、やましいことがないなら降りてこい。（ミルコに）おい、行くぞ。引っ張ってでも連れて来よう。

**ミルコ**　ああ。

**アンドレア**　やめて下さい。私が何でもお話しますから。

**マルコ**　地球が動く？　馬鹿を言うな。なら何でおいらたちはこうしてピタッと立ってられる。（ジャンプして）こうして飛んだら、地面がどっか行っちまうはずじゃねえか。

**アンドレア**　ここが船の上ならどうです。

**マルコ**　船？

**アンドレア**　動いている船の上でいくらジャンプしても、甲板だけ先に進んだりしません。あるいは動いている船の上でボールを上に投げ上げたとしましょう。しかしボールはきちんと手の中に落ちてきて、どこかへ飛んでいったりしません。

**ニッコリーノ**　「その考えをこの先、話すことも、書くこともせず、教えることも、弁護することもしない」。

**アンドレア**　私は地動説の話はしていません。今のは慣性の法則というものです。

**アダーモ**　物体は外部から力を加えられない限り、等速直線運動を続ける。静止している物体はその場で止まり続ける。

**アンドレア**　その通りです。運動の基本法則です。……つまり船と一緒に等速直線運動をしている船の上の人間やボールは、同じ方向に動き続ける。

**マルコ**　何だ？　ガリレオってのは、天文学者じゃなかったのか？

**アンドレア**　先生の研究は天文学のみならず、運動の法則、物理学や、数学にまで及びます。つまり世界という書物をどう読み解くか。世界すべてが私たちの教科書なのです。

**ニッコリーノ**　ヨシュア記、十章十二節。……「ヨシュアは主を讃えて言った。『太陽よ、止まれ、ギブオンの街の上に。月よ、止まれ、アヤロンの谷の上に』。すると太陽はとどまり、月は動きを止めた。民が敵を打ち破るまで。太陽は丸一日、空にとどまり、傾こうとしなかった」。……この通り、聖書にはヨシュアの祈りに応えて太陽が止まったと書いてある。つまり普段は太陽は動いているということになる。地動説……すなわち地球が動き、太陽が止まっていると唱えるのは、聖書が嘘をついている、間違っていることになる。

**アンドレア**　私たちが神の言葉を、間違って読んでいるのかもしれません。

**ニッコリーノ**　何です？

**アンドレア**　聖書は神の言葉を聞いた預言者や聖人たちの言葉を、別の誰かが書き取ったものです。しかもそれをギリシャ語に訳し、さらにラテン語に訳し、さらにもう一度イタリア語に訳したものを私たちは聞いている。神ではなく私たち人間が、読み方や訳し方を間違えたのかもしれません。

ニッコリーノ　ローマ教皇は間違えない。

アンドレア　もちろん。間違えて読んでいるとしたら、それはもちろん私の方です！……しかし聖書だけでなく、この世界も神が作ったものなのですから、聖書ではなく世界を読み取り、新しい法則、新しい真実を見出すのは、神の意志に沿った行いとは言えませんか。

アダーモ　先生はピサの斜塔から鉄球を落とし、新しい運動の法則を見出した。そして星の動きを記録し、望遠鏡を空に向けて、新しい天体の法則を見出した。隠されていた、新しい世界の姿を読み取った。

アンドレア　その通りです。なるほど、あなたは先生と、そういう話がしたかったんですね？　すみません、話し相手が私で。

**アダーモ**　とんでもない。あなたも大した学者だ。

**ヴェロニカ**　あなた方は結局、理屈をこね回して、地動説の続きを話している。教会の決定に背いている。

**アンドレア**　いいえ、まさか、地動説の話はもうしません。

**ドナテッラ**　どっちみち、今晩はもう泊まらないね。チェックアウトの時刻はもう過ぎてるんだ、出てってくれないか？

**マルコ**　呼んできます、おいら。

**ドナテッラ**　ありがとう。

**アンドレア**　それなら私が行きます。

**マルコ**　お前は座ってろ。

マルコは立ち去る。

**ドナテッラ**　日も傾いてきた……ああ、いや、傾いてるのは太陽じゃなくて、私たちの方なんだっけ？　馬鹿げてる。ならどうして私たちはナナメに落ちて行かないの？

**アンドレア**　その通りですね。

**ドナテッラ**　隣町に着く頃にはもう夜もとっぷり暮れて……ちょうど昨日と同じくらいの時刻に、どっかしら宿には着けるだろう。門を開けてくれることを祈るんだね。

**アンドレア** またきっと親切なおかみさんが、スープを温めてくれるかもしれません。

**ドナテッラ** じゃあそれもついでに祈るといい。神に祈るといい。

**ヴェロニカ** 手を取り合いましょう。私はあなたたちと一緒に、神の道を歩みたい。

ヴェロニカの呼び掛けに応えて、何人かの人々が集まり、手を取り合う。日が傾いていく。

# 八場　ガリレオ

ガリレオが降りてくる。マルコもついてくる。

**ガリレオ**　やぁ、待たせました、どうもすみません。何通か手紙を書くだけだったんだが、目が悪くてね。思うように書けない。（一同の空気を察して）……アンドレア、荷物を降ろしとくれ。出発しよう。

アンドレアが一度、二階へ立ち去る。

**ヴェロニカ**　何の手紙です。

**ガリレオ**　なに、何でもありません。

**ヴェロニカ**　私の質問に答えなさい。

マルコとミルコが気色ばんでガリレオに一歩近づき、取り囲む。

**ガリレオ**　……ご承知の通り、私の不見識のせいで問題を起こして、教皇さまに呼び出されちまって……心配をかけた人がたくさんいる。私を雇ってくれているメディチ家、家族、学者仲間。事情を説明するために、手紙を、

**ヴェロニカ**　自分が間違っていたことを認めますか？

**ガリレオ**　もちろん。私は馬鹿でした。

**ヴェロニカ**　地球は動いていない。

**ガリレオ**　もちろん。聖書にもそう書いてある。

**ヴェロニカ**　どうしてローマに呼び出されるまで、そんな馬鹿げたことを言い続けたんです。

**ガリレオ**　馬鹿というのは、自分がどれほど馬鹿げたことを喋っているかわかっていない。だから馬鹿なんですな。

**ニッコリーノ**　「その考えをこの先、話すことも、書くこともせず、教えることも、弁護することもしない」。

**ガリレオ**　その通りです。

アンドレアが戻って来る。大荷物を抱えて。

**アンドレア**　お待たせしました。

**ガリレオ**　よし。出発しよう。

**アダーモ**　先生。私との約束は。

**ガリレオ**　……。

**アダーモ**　私は物理学者です。運動の法則について話がしたいだけです。それでもいけませんか。

**ガリレオ**　……すみません。またにしましょう。

**アダーモ**　どうしてです。

**ガリレオ**　……娘が結婚を控えていまして。持参金を稼がなきゃいけません。息子を学校にやるのにも金がいる。おまけに実の弟が売れない音楽家なんぞやってて、実家の方も火の車でして。……学問は仕事ですからな、ローマに睨まれちゃ仕事になりません。いやはや、貧乏はつらい！

**アダーモ**　あなたに会えるのを楽しみにしていました。（アウグストを引き出して）私も、彼も。あなたはこの時代が生んだ最も優れた精神だ。あなたの仕事は人類の新しい一ページを開いてくれる。

**ガリレオ**　まさか。私の仕事は、せいぜい家族の借金と、家賃を払うためのもんです。……すみません、失礼します。

ガリレオは立ち去ろうとする。サルヴァトーレと目が合う。

**ガリレオ**　ゆうべはちゃんと眠ったか。坊や。

**サルヴァトーレ**　寝たよ。

**ガリレオ**　……そうか。

**サルヴァトーレ**　だから何にもわからなかった。質問していい？

**ガリレオ**　私にはきっと、答えられない。

**サルヴァトーレ**　どうして月は満ち欠けするの？　見る度に大きさが違うの？　あと、すべての星は東から西へ動くのに、火星はたまに西から東へ動くんだ。どうして？　それに金星はあんなに明るいのに、どうして真夜中には見えないの？

**ガリレオ**　（驚嘆して）……君。嘘をついたな。

**サルヴァトーレ**　僕、嘘なんかついてない。

**ガリレオ**　嘘だ。ずっと起きてたな？　そうだろう。

**サルヴァトーレ**　寝たよ。怒られるようなことはしてないよ。

**ガリレオ**　火星の逆行を自力で見つけた。ずっと見ていなければ気が付かないことだ。私に言われて、ずっと夜空を見ていたんだね。

**サルヴァトーレ**　寝たよ。星なんか見てない。

**ガリレオ**　嘘はいかん。嘘はよくない。

**サルヴァトーレ**　僕は嘘なんかついてない。

間。ガリレオはサルヴァトーレのことを驚いたように、感嘆したように見つめているが、

**ガリレオ**　アンドレア。望遠鏡を出して。そして東南東の空、仰角……そうだな、70度へ向けなさい。

アンドレア　はい。

ドナテッラ　早く出て行きなさい。

ガリレオ　約束したな、坊や。いいものを見せてやるって。こいつは小さいが、私が特別に設計した、世界一の望遠鏡だ。

サルヴァトーレ　望遠鏡？

ガリレオ　星を見る機械だ。遥か遠くにある星が、手に取るように近くに見える。

アンドレア　（望遠鏡を置いて）先生。

**ガリレオ**　どれ。（と望遠鏡を覗き込み）……この辺りのはずだが……。

**サルヴァトーレ**　何が見えるの。

**ガリレオ**　見つけた。……覗いてご覧。……このままだ、そっーっと。

**ドナテッラ**　サルヴァトーレ。やめなさい。

**ガリレオ**　どうする、坊や？　……見るなと言われて、見るのをやめるか。見るなと言われて、それでも見るか。

間。

サルヴァトーレは望遠鏡を覗き込む。

ドナテッラは恐怖で座り込む。オーランが近づき、それを抱き締める。

**ガリレオ**　真ん中に、赤みがかった光が見えるだろう。それが木星だ。よーく見ると、わかるかな、周りに小さな、四つの光る点々が見つかるはずだ。一つ一つが木星の衛星で、ずっと見てると、木星の周りを回っているのがわかる。私が見つけたんだ、ほんの六年前に……。人類は何万年も星を見ていたのに、つい六年前まで誰もこのことを知らなかった。この木星の衛星の発見が、アリストテレス以来続く、宇宙の常識を引っ繰り返した！　まさに天と地を、引っ繰り返したんだ。

**サルヴァトーレ**　どういうこと？

**ガリレオ**　私たちはずっと、すべての星は、地球の周りを回っていると思っていた。宇宙の中心は地球だと思っていたんだ。しかし、それは間違いだということがわかった。木星の周りを回る星もある。つまり、宇宙の中心は一つじゃない。

**ニッコリーノ**　言ったな！

**ガリレオ**　もう一つ、面白いものを見せてやろう。貸してご覧。

ガリレオは望遠鏡を動かして、別のところへ向ける。

**ニッコリーノ**　彼は異端の思想を語りました。神さまに嘘をつきました。たった今！

**ガリレオ**　よし。見てご覧。……何が見える？

サルヴァトーレは望遠鏡を覗き込む。

**サルヴァトーレ**　おっきい。青白い星。左の方が少し欠けてて……、小さな丸がたくさん見える。デコボコしてる。

**ガリレオ**　それは何だ。

**サルヴァトーレ**　知らないよ。初めて見る。

**ガリレオ**　いいや。君はその星を知っている。何度も見ている。ほとんど毎晩見ているだろう。

**サルヴァトーレ**　何？

**ガリレオ**　何でも教えてもらえると思うな。考えてご覧。

**サルヴァトーレ**　もしかして、……いやそんなはずないか。

**ガリレオ**　言ってご覧。間違えたっていいんだ。

**サルヴァトーレ**　でも、おかしいよ。

**ガリレオ**　言ってご覧。

**サルヴァトーレ**　月？

**ガリレオ**　正解だ！

**サルヴァトーレ**　だけど、月は……宇宙の星はみんな、まん丸で、つるんとしていて、

**ガリレオ**　完全な球体。

**サルヴァトーレ**　そうです。完全な球体で、宇宙は完璧のはずです。

**ガリレオ**　しかし、君の目には何が見える。デコボコだらけの、あばたづら。不完全な球体が見える。

**サルヴァトーレ**　それってどういうこと？

**ガリレオ**　考えてご覧。

**サルヴァトーレ**　僕の目にはデコボコに見える。と言うことは、もしかして、……いやそんなはずないか。

**ガリレオ**　言ってご覧。

**サルヴァトーレ**　昔の人は間違っていた。宇宙は完璧じゃない。デコボコしている。

**ガリレオ**　その通り。

**ドナテッラ**　サルヴァトーレ！

ドナテッラは、サルヴァトーレを引っ張り、抱き締める。泣き出しそうである。

**ドナテッラ**　もうおしまい。もう見ちゃいけません。

**ガリレオ**　君は宇宙の真理を見つけた。自分自身の目で見つけたんだ。

**ニッコリーノ**　「その考えをこの先、話すことも、書くこともせず、教えることも、弁護することもしない」。

**ガリレオ**　私は彼が……一人の若い天文学者が、新しいことを自分で見つける、手助けをしただけです。

## 九場　宇宙

酒場のセットは遠ざかり、空間はやがて宇宙のような、天の川のような場所に切り替わる。舞台の中央・上空には、巨大な天球儀が下りている。

**ガリレオ**　ここに私がお送り致します論文は、私の単なる詩的奇想、あるいは夢……空想、奇怪な幻想に過ぎないものと考えております。

**アンドレア**　望遠鏡による観測により、いくつかの新しい、驚くべき、眼を見張る発見が成された。まず月のクレーターの発見。天体は完全な球体ではないことがわかった。次に太陽黒点の発見。太陽でさえ完全な球ではなく、自転していることがわかった。次に四つの木星の衛星の発見。地球以外に星の中心があり得ることがわかった。さらに金星にも月と同じく満ち欠けのあることがわかった。金星が太陽の周りを回っていることがわかった。

**サルヴァトーレ**　それって、どういうこと！

**アンドレア**　太陽が回っているのではなく、地球が太陽の周りを回っている。そう考えればすべての説明がつく。つまり、地球は動いている。つまり、地球は宇宙の中心ではない。

**ヴェロニカ**　それって、どういうこと？

**アンドレア**　聖書が間違っていたとは言いません。聖書には書かれていないことが、この世の中にはたくさんある。人間の知識は、新しいことを見つけ、世界を広げる。と、いうことです。

**フランコ**　アメリカ大陸の存在は、聖書には書かれていなかった。キリストはアメリカ大陸を知らなかった。地球が丸いことも知らなかった。その１５００年後、コロンブスがそれを見つけた。

**アダーモ**　地球は丸かった。そして太陽の周りを回っていた。

**マルコ**　それって、どういうことです。

**アダーモ**　地球も宇宙に無数に存在する、数え切れないほどたくさんある、星の一つに過ぎないということです。

マルコ　それって、どういうことです。それじゃあ神さまはどこにいるんです。おいらたちはどこにいるんです。空っぽの宇宙の中を、真っ暗闇を、ふらふら漂ってるんですか。この地球は神さまのとっておきじゃなく、取るに足らない、無数にある、がらくたみたいな星の一つに過ぎないんですか。神さまはいつも、見ててくれたんじゃないんですか。神さまがいないなら、おいらたちは、何のために生きてるんですか。どう生きていきゃあいいんですか。

パオリーノ　ほんの一箇所、誤植を見つけたからと言って、本が読めなくなったりはしません。私たちはまだ、いくらでも、神さまのお考えを読み取れるはずです。……天体の動きは数学という文字で、宇宙に書き込まれている。しかし天国への行き方は、やはり聖書の中にしか、書かれていないのではありませんか。

**アウグスト**　地球は太陽の周りを３６５・２４２１８９日で回る円を描き、月は地球の周りを２７・３２日で回る円を描く。とすれば、宇宙の形を表す図形は、今までとは随分違うものになる。

**アダーモ**　数学的に言って何がわかる。

**アウグスト**　地球の速度、半径、軌道、太陽との距離、角度、それから……まだたくさん。

**フランコ**　より正確に星や月の位置がわかるなら、航海の精度も上がる。

**アウグスト**　それにはデータが必要です。大量の星の、観測データが。

**アンドレア**　デンマークのティコ・ブラーエが、巨大な天文台と膨大なデータを持っている。

**アウグスト**　そのデータを計算すれば、新しい宇宙の図形が書き表せる。

**ボッチョ**　その研究に出資しよう。船が正確に安全に走るなら、必ず元が取れる。これからは、より早く、より遠くに、より合理的に行かねばならん。運ばねばならん。人も、品物も、情報も。……１株100スクーディの株を１０００株売り出して、仮に設備投資に２万５０００スクーディ、人件費・燃料・食費・消耗品にそれぞれ１万スクーディかかった場合、利益率と、株主への還元率は……。

**アウグスト**　それもすぐに計算できます。紙とペンさえ頂ければ。

**パオリーノ**　これを使いなさい。

パオリーノはアウグストに紙とペンを渡す。

**アウグスト**　ありがとう！　すぐに計算します。

アウグストは計算に取り掛かる。

**アダーモ**　（ガリレオに）私はあなたに、落体の法則の話を聞きに来ました。

**ガリレオ**　（アダーモの方を見る）

**アダーモ**　ここに、木でできたコップと鉄でできたコップがある。どちらも大きさは同じ、しかし当然鉄の方が重い。これを手放して、床に落とした場合……。

**アンドレア**　アリストテレスならこう答えた、重い鉄のコップが先に落ちる。

**アダーモ**　（二つのコップを床に落として）アリストテレスは間違っていた、この通り、二つのコップは同時に落ちる。あなたはこれをピサの斜塔の上から落として実験した。つまり落下速度は重さには比例しない。

**アンドレア**　その通り。落下速度は、

**アダーモとアンドレア**　『時間にのみ比例する』。

**アダーモ**　ただし空気抵抗を無視した場合。数式ではこれは、

アウグスト　ｖ＝ｇｔ。

アダーモ　そう、ｖ＝ｇｔ、このように書ける。ｖは速度、ｇは定数、ｔは時間。さらにこれに投射角シータを代入すれば位置が求められ、

アウグスト　物体の軌跡は放物線を描く。マイナス１／２ｇｔの２乗プラスｖシータｔ。

アダーモ　このような運動を表す加速度ａを求める場合、

アウグスト　ａ＝ｄｖ／ｄｔ。ｖをｔで微分する。

アダーモ　これにより落下運動の加速度は、

**アウグスト**　約９・８メートル毎秒毎秒。最初の１秒間で４・９メートル。

**アダーモ**　アウグスト！　君は素晴らしいな！　新しい宇宙の形を表す図形と株式投資の収益率を計算中じゃなかったのか？

**アウグスト**　ああ、もう、やめて！　頭がこんがらがる！

**アダーモ**　え？

**アウグスト**　数式以外の言葉で私に話しかけないで！

**アダーモ**　すまない。

**ガリレオ**　それで、質問は何だ。答えは全部、出ているじゃないか。

アダーモ　そうです！　それなのです！

アンドレア　何なのです？

アダーモ　こんな短い数式で、物体の位置がすべて表せる。落体、振り子、等速直線運動、すべて数式で表せる。つまり先生、この世界の物体の位置は、運動は、エネルギーは、すべて数字と数式で表せる。計算できる。違いますか？

ガリレオ　宇宙は数学という言葉で書かれている、一冊の書物だ。その文字は数であり、数式であり、代数であり、三角形であり、円であり、その他幾何学図形である。数学があれば、人間にも宇宙の言葉が読める。数学があれば、人間は宇宙の暗闇を抜け出せる。

アダーモ　そして、僕はこう考えたのです。地上の物体が数と数式、あるいは図形とグラフで表せるなら……宇宙の物体、すなわち星や月や太陽、あらゆる天体の動きもまた、数字と数式で書き表せるのではないでしょうか。

アウグスト　$v=gt$、$F=ma$、落体や振り子、等速直線運動の方程式を、天体に当てはめるんですね。

アダーモ　荒唐無稽な話だろうか？

アウグスト　数学のいいところは、いくら試してもノートと鉛筆が少し減るだけで、何一つ損をしないところです。片っ端から代入して、ダメだったらやめればいい。やり直せばいい。

**アダーモ**　やってみよう。

**アウグスト**　やってみましょう。私にも、あなたの言う意味がわかってきたわ。私はいつも、ノートを広げて、そこに書かれた数式を解いていた。あなたはノートの外に広がる、この世界を数式で解いてみたいのね。

**アダーモ**　その通りです。星も月も太陽も、数字と数式で書けるかもしれない。それどころか、雨も、火も、風も、あるいは光でさえ、数字と数式で書けるかもしれない。

**アウグスト**　光でさえ？

**アダーモ**　光でさえ。

**アウグスト**　どうしてそんなことが思いつくの？　私、あなたがわからないわ。

**アダーモ**　僕にも君がわからない。アウグスト・ルブラン。どうして男の名前を名乗っているの？

**アウグスト**　それは、私が……。やだ。どうして気づいたの？

**アダーモ**　さっきからずっと、女言葉だ。

**アウグスト**　父も母も先生も、みんな言うの、女に数学は無理だって。やめろって。大学にも通えない。女ってだけでなめられる。……だけど、数学の言葉に男も女もない。そうでしょう？　真理を前にして、男も女もない。そうでしょう。

アダーモ　その通りだ。

アウグスト　いつ気付いたの？

アダーモ　会ったときから。デジャヴか、他人の空似か。見覚えのある顔だった。

アウグスト　黙ってたなんて、性格悪い。

アダーモ　数学の議論に性別は必要ないから。

アウグスト　その通り。

アダーモ　本当の名前は？

**アウグスト**　アウグスト・ルブラン。だって、数学を、仕事をしているときの私が本当の私だもの。

**アダーモ**　わかった、アウグスト。問題の続きに取り掛かろう。

**アウグスト**　地上の運動方程式に、星の数字を代入して、天体の運行を解いてみる。

**アダーモ**　その通り。……先生、あなたの落体の法則を読んだとき、世界を数学で書き表せることを知って感動しました。しかし、それならば……コップが落ちる、人が跳ぶ、石を投げる、星が動く、すべて別々の運動ですが、それぞれの運動を書き表す数式が、あるんじゃないかと考えたんです。そしてそれらは、もしかしたら似ているかもしれない。……物理学が地上の運動法則なら、天文学とはすなわち、星の運動法則と言えるのではないか。違いますか？　先生。

**ガリレオ**　生憎《あいにく》……。

**アダーモ**　生憎？

**ガリレオ**　生憎、私はそこまで、考えなかった。確かにそうかもしれない。
森羅万象、万物が有する、運動法則を見出せれば、あるいは……
宇宙そのものを数式で書き表せる。かもしれない。

**アダーモ**　かもしれない？

**ガリレオ**　計算が追いつかない。

アウグスト　計算なら終わりました。……まずこれが、地動説の世界。宇宙の新しい見取り図です。

地動説の世界が図示される。
オーランが、大きな本のページを開いて、読み上げる。

オーラン　１６１０年～１６１６年、ガリレオの地動説が発表される。

アダーモ　これが宇宙の方程式か。

アウグスト　しかし、これではうまくいかない。ティコ・ブラーエのお弟子さんが、より正確な計算方法を教えてくれました。それは惑星の軌道を円ではなく、楕円で計算し直すのです。

**ガリレオ**　楕円？　完璧な円ではなく？

**アウグスト**　宇宙が完璧な円ではないことを、始めに見つけたのはあなたです。

**ガリレオ**　そうだが、そこまでは考えなかった。その弟子の名前は。

**アウグスト**　ヨハネス・ケプラー。

**ガリレオ**　宇宙はどんな形をしていた。

**アウグスト**　ちょうど、こんな感じ。

ケプラーの描いた地動説の世界が図示される。
オーランが、大きな本のページを繰って、読み上げる。

**オーラン**　１６１９年、ケプラーの法則発見。

**アウグスト**　そして……地上の運動方程式を、仮に一番計算しやすい天体、月の動きに当てはめてみました。月の公転速度は２７・３２日、毎分３７・４キロメートル。これにピタゴラスの定理と落下運動の加速度を当てはめ、月の落下と地上の落下を比較すると、ちょうど月までの距離と地球の半径の差の２乗に等しくなる。すなわち、落下速度は距離の二乗に比例する。

**パオリーノ**　私には。

**アウグスト**　私には？

**パオリーノ**　何を言っているのか、さっぱりわからん！

**マルコ**　俺もだ！

**ミルコ**　俺も！

**ニッコリーノ**　私だって、全くわかりません！

**アウグスト**　宇宙は数学という言葉で書かれている。数学がわからなければ中身を読めない？

**ガリレオ**　翻訳してあげなさい。日常の言葉へ。

**アウグスト**　私には無理です。先生がなさっては？

**ガリレオ**　やめとこう。こりゃどうも、私より先の世代の言葉だ。

**アウグスト**　物体間に作用する落下速度は距離の二乗に比例する。ＦイコールＧかけるｒ２乗分のｍ１かけるｍ２、つまり……。

**ドナテッラ**　数式はやめて！

**アウグスト**　つまりは、ええと、簡単に言うと……。

**アダーモ**　木からりんごが落ちるのと同じように、月も地球に向かって落ちている。

**みんな**　えっ！

**サルヴァトーレ**　それって、どういうこと？

**アダーモ**　りんごが地球に引っ張られるのと同じように、月も地球に引っ張られている。

**みんな**　えっ！

**サルヴァトーレ**　それって、どういうこと？

**アダーモ**　月と地球は引かれ合ってる。それどころか、もしかしたら……、月も、星も、太陽すらも、宇宙に存在するすべてのものは、互いに引かれ合っている……？

**アウグスト**　すべてのものは、互いに引かれ合っている……！

**アダーモ**　どう思う、アウグスト？

**アウグスト**　わかりません。ただ、

**アダーモ**　ただ？

**アウグスト**　計算は合っています。

オーランが、大きな本のページを繰って、読み上げる。

**オーラン**　１６６５年、万有引力の発見。

# 十場　未来

音楽が流れる。

オーランは次々とページを繰っていく。サルヴァトーレが中身を覗き込む。

音楽は変化していく。……はじめは17世紀西洋音楽、クラシックのような、民族音楽のような曲想から始まり、やがて18世紀を経て19世紀、アフリカの音楽、リズムとビートに出会い、西欧とアフリカの音楽が交ざってジャズが生まれ、20世紀、爆発的な進化、ジャズはビッグバンドからビバップになり、ハードバップになり、ロックの誕生、エレキギターの発明、シンセサイザーの発明、テクノやラップやヒップホップ、フリージャズ、エレクトロニカ、ダブステップ、DTM、初音ミク、エトセトラ、エトセトラ……。

アダーモとアウグストの周りに、数式や図形が飛び交う。やがて色や画像が溢《あふ》れ出し、20世紀以降は写真や映像も流れ、未来へ進み、…………。

＊

１６６７年、ニュートンとライプニッツが微分積分法を発展・体系化。近代数学の夜明け。

１６７４年、レーウェンフックが微生物と細菌を発見。伝染病の原因が悪魔や天罰ではなかったことがわかる。

１７６９年、ワットが蒸気機関、熱で動くエンジンを発明。産業革命のはじまり。

１７８９年、フランス革命。１８６２年、アメリカ奴隷解放宣言。

１８９４年、女性参政権の実現。あらゆる差別が解消される……のはどうやら、２０２０年よりずっと未来。

１７９８年、ジェンナーがワクチンを発明。伝染病の根絶へ向けた大きな一歩。

１８２１年、ファラデーが電気で動くエンジンを発明。やがてエジソンが蓄音機や電球、電話、映画を発明。電気の時代の幕開け。

１８５９年、ダーウィンが『種の起源』、１８６５年、メンデルが「遺伝の法則」を発表。進化論の普及、人間は神に似せて作られたのではなく、猿から進化した！

１９０５年、アインシュタイン、特殊相対性理論。１９１６年、一般相対性理論。Ｅ＝ｍｃ２乗。エネルギー、質量、光の関係が数式化され、時間と空間が伸び縮みすることがわかる。

１９３５年、シュレーディンガーの猫が生まれる。量子力学の誕生。猫は生きており、かつ死んでいることがわかる。

１９０７年、ピカソ『アビニヨンの娘たち』、１９１２年、ニジンスキー振付『牧神の午後』、１９１５年、カフカ作『変身』、１９４１年、オーソン・ウェルズ監督『市民ケーン』、１９５２年、ジョン・ケージ作曲『４分33秒』、同じく１９５２年、サミュエル・

ベケット作『ゴドーを待ちながら』発表。

１９４５年、原子爆弾の発明と投下。ヒロシマ、ナガサキ、一般市民が30万人虐殺される。１９８６年、チェルノブイリ原発事故。

２０１１年、福島第一原発事故。原子力の火が世界中に広まる。

１９６１年、ガガーリンが人類初の有人宇宙飛行に成功、「地球は青かった」、「そして神は見当たらなかった」！　１９６９年、アポロ11号が月面着陸。カニもウサギも、女神もいなかった。

１９９５年、Ｗｉｎｄｏｗｓ95発売。１９９８年、Ｇｏｏｇｌｅがサービス開始。２００７年、初代ｉＰｈｏｎｅ発売。インターネットが普及、ＩＴ革命が実現する。

２０１０年代、ディープラーニングの技術が劇的に進歩。碁と将棋でＡＩがプロに勝利。２０４５年、シンギュラリティを突破、ＡＩの知能が人間を上回る。…………

## 上演記録

KAAT 神奈川芸術劇場プロデュース

# 『人類史』

【作・演出】谷賢一
【音楽】志磨遼平（ドレスコーズ）
【振付】エラ・ホチルド

【出演】
東出昌大　昆夏美 / 山路和弘

秋葉陽司　浅沼圭　生島翔　植田崇幸
大久保眞希　奥村佳恵　栗朱音　小山萌子
谷本充弘　内藤 治水　中林舞　名児耶ゆり
奈良坂潤紀　仁田 晶凱　福原冠　村岡哲至

スタッフ
【美術】堀尾幸男　【照明】齋藤茂男　【音響】鹿野英之　【映像】松澤延拓・新保瑛加
【衣裳】堂本教子　【ヘアメイク】谷口ユリエ　【振付助手】皆川まゆむ　【演出助手】渡邊千穂
【舞台監督】横沢紅太郎
【制作】ＫＡＡＴ神奈川芸術劇場 / ゴーチ・ブラザーズ
【宣伝美術】山下浩介　【宣伝写真】神ノ川智早　【宣伝スタイリング】堂本教子　【宣伝ヘアメイク】谷口ユリエ

【企画製作・主催】ＫＡＡＴ神奈川芸術劇場

**KAAT 神奈川芸術劇場〈ホール〉**
2020 年 10 月 23 日（金）～ 11 月 3 日（火・祝）

# あとがき

世界的ベストセラーとなったユヴァル・ノア・ハラリ著『サピエンス全史』（『サピエンス全史　文明の構造と人類の幸福』柴田裕之訳、河出書房新社刊、２０１６年）は、人類の進歩を認知革命（抽象的な言語・概念の発明）、農業革命（定住の開始と社会の階層化）、科学革命（科学技術・知識の爆発的発展）の三段階に分け、明快かつ大胆に論じた壮大なサーガだった。一読して私は静かな興奮と感銘を受けたのを覚えている。世界史を網羅的に、羅列的に論じた本なら珍しくもない。しかしハラリの『サピエンス全史』は膨大な出来事とデータを紹介・参照しながらも独自の視点でそれらを読み解き、解釈し、一つの物語として提示している点で他に類を見ない大傑作だった。

私はもともと一人の物語作家として、物語を語る／読むというのは、本来混沌である出来事の羅列の中から、一つの筋道の通った繋がりや因果を見出すことだと考えてきた。だから例えば、こんな台詞を書いてきた。

**美弥**「そんな簡単でねえ。生きることはそんな簡単でねえ。みんな勘違いしてんだ。人生に物語はねえの。ぶつぶつ、ぶつぶつ、途切れ途切れに、脈絡のない物事が起こるばっかで……。他の人のことは知らね。だけんちょ、おらたちの人生はそうだった。だから真さん、おらたちの人生はフィルムにはなんね。バラバラのコマを寄せ集めても映画にはなんね。だべ？」

（２０１８年上演・福島三部作・第三部『２０１１年：語られたがる言葉たち』より）

**男**「物語とは何か。——私の意見ではこうです。本来カオスである自然状態に、私たち人間の理性は耐えることができません。なぜ洪水が来て稲が台無しにされなければならなかったのか。なぜあの地震で私の家族は死ななければならなかったのか。なぜ私だけが病気にならなければならなかったのか。そういったカオスに理由を与えることが、因果を含めることが、原初的な物語の機能でした。AがBとなったのは、Cという理由があったからだ。理由をつけなければ、我々は、この世界の混沌を生き延びられないのです。」

（２０２０年上演・『アンチフィクション』より）

生のままの、剝き出しの事実の羅列の中には物語はない。それを解釈し、意味づけし、理由づけすることが、生きるということであり物語を語るということだ。私たちはいつも物語を探して生きている。「私が今○○しちゃうのは、昔××したからだ」とか「俺が今○○なのは、以前××だったからだ」とかいう物語、因果、理由を考えることで、私たちは自分の人生の意味を見つけたり、筋道を通したりする。物語を語るというのは客観的な行為ではなく、主観的な行為なのだ。

これと同じ意味でハラリの『サピエンス全史』もまた、客観的な歴史書というよりは、ハラリという一人の哲学者・思想家・歴史学者が独断と偏見でまとめ直した人類の「物語」である。その圧倒的な知識量と分析の明晰さ、大胆さは、読む私を大いに酔わせた。そして、あろうことか、ＫＡＡＴ神奈川芸術劇場の芸術監督・白井晃さんから「何か新作を書いてみないか」と言われたとき、私は「『サピエンス全史』を元に、人類の歴史を物語として書いてみたい」と伝えた。白井さんはすかさず「何か怪しい。面白そうだ」と興味を示してくれたが、ＫＡＡＴの関係者や各所のスタッフ・マネージャー陣からはしばらく（あるいは今もずっと）「？」というリアクションを返された。人類史？　それがドラマになるのか？

ハラリの本に触発されて私が構想したこの作品は、人類という種そのものを主人公に据えた人類の成長物語である。普通、演劇作品では一人の人間の人生を追いかけるが、この作品では「人類」という種そのものを主人公に見立てて、成長と変化を追い掛けた。それだけの違いだ。なぜ・どうしてそうなったのかという因果があれば物語は書けるし、物語さえあればどんなものでも演劇になると私は思っている。例えば壊れかけのヤカンに物語を見出せればそれで一本の演劇が作れるだろうし、滅びゆく国の物語がつかめれば国を主人公にした大河ドラマが描けるだろう。

『人類史』だって、物語の筋道さえつかめればドラマになるはずだ。

人はどこから来て、どこへ行くのか？　私たちはどのようにしてここまで来て、これからどこへ行くのか？　私たちはなぜ、今、このようにして、ここにいるのか？　これらはすべて、ドラマになるじゃないか。

答えのない問いでも構わない。むしろ簡単な答えのない方が、ドラマの主題には向いているのだ。なぜハムレットは復讐をためらったのか？　簡単に答えられないからこそ、『ハムレット』は何百年にも渡って観客や俳優、演出家たちの心を掴み続けた。必要なのは物語である。答えではない。

**【一幕一場　２００万年前、まだ人が人でなかった頃】**

この場面は正確には、『人類史』の１ページ目ではない。言わば『人類史』のプレリュードだ。まだサルたちは一人も立てず、話せず、武器も文化も持たない。ただの動物の一種に過ぎぬ——しかも動物の中でもとりわけひ弱で、身体も小さく、何の強みも持たない哀れな弱者だ。食物連鎖のピラミッドで遥か下の方にいる被捕食者だ。この場面でサルたちは何一つ見せ場はない。どうやら逃げて来たらしい男Ａと女Ｅが出会い、仲間同士で助け合うような素振りを見せるが、いくら群れても強靭なバネと鋭い牙を持つ肉食獣たちの相手にはならず、ただ哀れに、無残に、食い殺される。それがこの物語の幕開けだ。

そんな中、一つだけ、サルたちが文化的とも言える行為を行う瞬間がある。それが星との出会いである。最初に登場した男Ａが、まず一人で星を見上げ、あたかもそれを掴もうとするかのように手を伸ばす。その後、女Ｅや仲間の集団と出会い、絆を深めた後、全員が星に見とれ、手を伸ばす。果たしてただの動物——ただのサルやクマやライオンが、星に魅了され、それに手を伸ばしたりするだろうか？　目を奪われ、足を止め、憧れて立ち上がろうとするだろうか？　いささかロマンチックな解釈ではあるが、私はこの「星への憧れ」を『人類史』の１ページ目に見立てた。これがなかったら、本当に一幕一場はただ虐殺されるサルたちのスケッチに過ぎない。しかし彼らは星に憧れ、手を伸ばす。そしてある意味では彼らは、その後２００万年に渡って、星に憧れ、手を伸ばし続けるのだ。

**【一幕二場　7万年前、二足歩行と言語の誕生、集団の形成】**

ここで行われること、起こることが、真の意味で『人類史』にとっての第一章であり、エポックメイキングな瞬間だ。ここを機に人類は他の動物たちから一歩抜け出す、――いや、そんな表現では生ぬるい。動物であることをやめ、「人類」という全く新しい種に生まれ変わる。

様々なことが起こる場面だが、すべてのスタートは「直立二足歩行の開始」である。これが人類の命運を左右した。……いや、直立二足歩行、それ自体はさして大きな変化ではない。ゴリラでもチンパンジーでも完璧ではないものの近い形の二足歩行は行うし、犬でも熊でも短い時間なら二足で立って歩くことはある。

それでは何が人類にとって大きな変化だったのか？　それは人類がゴリラやチンパンジーや犬や熊が短い時間二足歩行をしたのとは異なり、「ずっと」二足歩行をしたこと、それに合わせて骨格が変化し、背骨や腰骨の形が変わったことはともかく、ある部分の作りが大きく変わったことが大問題だった。「ある部分」とは何か？　咽頭、ノドである。立ち続けることによって人類の咽頭……具体的には喉仏の位置が下がり、それに合わせて気道と食道の長さが変化した。これにより人類は他の動物とは全く違う形で息を吸い、吐くことができるようになった。すなわち複雑な音を使い分けることができるようになり、音を組み合わせることができるようになった。脳は使えば使うほど、使った部位が発達することが知られている。人間は複雑な音を使うようになったため、音の変化に合わせて脳が変化し、言語野が発達し、そして脳が発達したことでさらに複雑な音が使い分けられるようになった。

これにより人間は、抽象的な言語と思考を手に入れた。どういうことか。原始的な言語……「危ない」「逃げろ」「敵が来た」というだけではなく、抽象的な言語……例えば「川の向こうにライオンの群れがいるかもしれない」というような仮定の話ができるようになったし、「私たちの部族は神に守られている」というような虚構の話ができるようになった。つまり言語で現実を写し取るだけでなく、現実に存在しないことまで言語で描写し、思考で捉えることができるようになったのだ。

ハラリはこれが人間と他の動物を分けた最も大きな違いであるという。私も同感だ。虚構を共有する力、これこそが人間に特有の能力である。人間の条件である。虚構を共有する、なんて言うと、……私のような演劇畑の人間はすぐにこう言い換えたくなってしまう。「演じる」。「嘘を語る」。「すべて世界は舞台」。

虚構を語る、共有することが、なぜそこまで重要なのか？　詳しくはハラリの『サピエンス全史』を読んでもらいたいが、一言で言えばこういうことである。「私たちの部族は神に守られている」と言うことができるようになったことで、人間たちは、血族や氏族を超えた大きな・広い・そして強い繋がりを得ることができるようになった。コミュニケーションをとることができるようになり、仲間意識を抱くことができるようになった。私たち人類の種であるホモ・サピエンスは、ネアンデルタール人よりも筋肉も脳も小さかった（あるいは同じくらいだった）と言われている。それなのになぜサピエンスが生き残り、ネアンデルタール人は絶滅したか？　それはサピエンス＝人類が抽象言語の獲得により、巨大な集団を形成することができるようになり、連携と連帯をすることによって戦いを有利に進めることができたからだと言われている。私も全く同感である。

現代人だって同じである。会社でも国家でも劇団でも、同じ虚構や物語・大義や名分を共有している集団は強い。逆に言えば、いくら頭数が揃っていても、同じ虚構・物語を共有できていない集団は弱い。戦えない。これこそが私たちの強さの源泉なのだ。

**【一幕三場　７万年前（続き）、文化の発生】**

この場面で描かれる「音楽の誕生」「ダンスの誕生」「壁画の誕生」「宗教の誕生」（そして前の場面で描かれる「言語の誕生」もか）は、いずれも演劇をやっている人間ならば想像するだけで楽しくなる、興奮する、スリルを感じる主題であるに違いない。

現に私は、これらの箇所の台本を書くのにもとてつもない時間を費やした。ああも想像できる、こうも考えられる、こんなこともしてみたい、と可能性が無限に溢れ出てくるのだ。そして稽古でもいくら時間があっても足りなかった。最初に「あ」という母音が出たとき、人はどのように振る舞ったか？　音楽の最初はリズムだったか、メロディだったか？

そしてそれはどのように現れたか？　ダンスは？　壁画（美術）は？　宗教は？　いくらでも考えていられる。誰も答えを知らないからだ。

この場面では、台詞すなわち言語にも多少の変化が現れる。前場まではまだどこかたどたどしく、シンプルで、直接的だった言語が変化し、抽象的で、詩的で、暗喩や暗示を含んだ言葉が現れる。

「あなたは勝利、あなたは力、あなたは永遠の命。」

一人の男が、先ほど殺した獣の頭を高く掲げ、ゆっくりと自分の頭にかぶせた。男は胸を張るようにして、堂々と立ち、一同をゆっくり見渡す――。

「地の底で眠る私たちの神と、私たちの祖先は、私たちの仲間を喜んで迎え入れるだろう。」

「あなたは勝利」。これは事実ではない、比喩であり賛辞である。獣の頭を自分の頭にかぶせる。これは儀式の始まりである。自分たちより偉大なもの、力強いもの、神的なものの力を授かろうという儀式の始まりだ。そして「地の底で眠る私たちの神」と「私たちの祖先」とは、どういう意味だろうか？　神は存在しない。少なくとも木や空やライオンなどと同じような意味では存在しない。そしてまた祖先ももはや存在しない。兄弟や息子や従兄弟は存在するかもしれないが、祖先はもはや地上のどこにも存在しない。存在しない神や祖先に語り掛け、仲間を受け入れることを求めるというのは、虚構を語ること、虚構を演じることであり、そしてそれを儀式として仲間と共に行うことは、虚構を共有することに他ならない。

このような儀式、そして「私たちの部族は神に／祖先に守られている」という物語を得ることで、人間たちは力を増した。私たちを力づけてくれるものは、いつだって物語なのである。

**【一幕四場　1万年前、農業革命・社会の形成、宗教と権力の誕生】**

前の場面、芸術と文化の誕生が我々を楽しませ、勇気づけ、ワクワクさせるものだとしたら、この場面――農耕の誕生そして階級社会の形成という変化は、私たちを心底がっかりさせる、つまらない、悲しい場面である。

この場面の冒頭では、農耕がダンスで表現される。農耕をダンスで表現する？　その意味がわかるだろうか。農耕とは、同じ動作・行為・季節の繰り返しであり、模倣である。前の場面では繰り返しと模倣の中から原初的な音楽とダンスが生まれた。音楽もダンスも、原初的なものは繰り返しと模倣の中から生まれたと私は信じている。同じリズムを繰り返すことの中から音楽やダンスが生まれる。誰かが出した音を真似ることから音楽が生まれるし、誰かの動作を繰り返すことからダンスが生まれる。農耕はダンスではないが、農耕を行う身体の中には繰り返し・模倣・反復というダンス的な要素が入っているのだ。

そして農耕が発明されたことにより、人類は食料を備蓄することができるようになった。これまではせいぜい多くとった獲物の肉を干し肉にしておくくらいのものだったが、穀物は大量に収穫し保存し備蓄することができる。この備蓄、すなわち余剰生産物の生まれたことが、人類を新たなステップへと導いた。狩猟採集民であったこれまでは、集団の全員が戦士であり仲間であり平等であることが何より重要だった。しかし農耕により備蓄＝余剰生産物を得ることができるようになった人類にとって、それを集める者、管理する者、分配する者が必要になる。つまり働かずして管理する者が生まれる。さらに余剰生産物ができたことによって、司祭や巫女のような宗教に携わる者を養う余裕が生まれ、戦士や将軍のような戦争を職業にする者も出てきた。すべて税金を集めることで養う・保持することができるようになった身分である。そして最も威厳のある司祭や最も強い将軍は、やがて王と呼ばれるようになり、人々の頂点に座った。さらには王は、神と自らを同一視し、神の威厳を身にまとって世界を治めるようになった。

この場面で王が語る「国家とは時間と物語である」という言葉は、これだけで一つの論考のテーマにするに値する遠大な話である。エッセンスは台詞の中に込めたつもりなので、よく読んで頂きたい。そして国家という時間に馴染めず、国家という物語の中で役割を演じられない劇中の男Ａのような存在は、近代社会の中では殺されていくしかなかったのである。

男Ａが犯した罪は以下のように断罪される。

王「言葉は猛毒である。最も危ない武器が言葉だ。だからこの男の舌を切り取れ。」

先ほど書いた通りサピエンス＝人類は虚構を共有することで力をつけ、集団を形成し、動物たちの食物連鎖から抜け出して頂点に君臨し、そして農耕社会＝国家を抱くにまで至った。そうして形成された国家にとって、最も恐ろしい敵は剣でもなく槍でもなく、言葉なのだ。「王様は裸だ」「この国に正統性はない」、そんな言説がまかり通ってしまえば、王＝国家の威厳は失墜し、王＝国家の幻想は消え、集団は瓦解する。ここでの登場人物「王」は、そのことをよくわかっているのだ。

**【二幕　科学革命】**

二幕について補足的に述べたいことはほとんどない。読んでもらった通りである。極めてスタンダードな戯曲・会話劇の構造をとっており、私にとっても書き慣れた形式である。

地動説を西洋社会に理論として「再提唱」したのはコペルニクスであった。しかし地動説の動かぬ証拠、誰の目にも明らかな証拠を発見し、広めたのがガリレオであった。そしてまたガリレオはただ地動説を論証しただけでなく、劇中でも言及される落体の法則や振り子の運動、等速直線運動などについて観測し記述した……つまり観察と実験を経て数式化に至る近代科学の礎を築いただけでなく、物質の運動について洞察を重ねた物理学者でもあった。彼の発見が様々な意味で、西洋科学の爆発的な進歩の象徴となっているのはそのためだ。

ガリレオに続く天才は、あるいはヨハネス・ケプラーかもしれないが、やはりスケールの大きさで言えばアイザック・ニュートンを挙げる人が多いだろう。運動方程式をまとめあげて古典力学を完成させ、万有引力の法則を発見し、地上の力学と天体の力学の統一を達成した巨人である。今回、本作にはニュートンは登場していないが、運動方程式の一般化を試みる若き物理学者アダーモと、天才的数学者アウグストという二人に分けて、本来ニュートンが行う発見を論証してもらった。ガリレオの蒔いた種を若き二人の学者が受け継ぎ、方程式として確立したという筋立てである。

アウグストは本来女性であったが、数学の研究を行うために男装をしている……というアイディアは私の思いつきではなく、実在のモデルを参考にしている。その数学者の名前はソフィ・ジェルマン。彼女もまた天才的な数学の才能と野心を秘めていたが、時代が女に数学を語ることを許さなかったがために、アントワーヌ・オーギュスト・ル・ブランという男の名前を語って数学を行った。アウグストもジェルマンも20世紀以降に生まれていれば、まだしも自由に、そして生まれつきの名前と性別で数学を行えたかもしれない。

劇中で言及される様々な異常なエピソードも、大半は事実的なモデルがあるものばかりである。自分を鞭打つことで民衆を救おうとしたフラジラント＝鞭打ち苦行者は、実際にペストの流行した中世ヨーロッパに実在し、ローマ教皇が禁止のお触れを出すほどたくさんいたそうであり、歴史に驚く。第三場で行われる怪しげな復活劇（神秘劇）も、中世のヨーロッパでは広く行われていたものだから興味のある方は調べてみて欲しい。地獄へ降りたキリストが悪魔をバッタバッタと斬り殺し、民衆を救う……なんていうそれこそ眉唾なエピソードも実在したようである。全く人間の想像力というものは度を超えている。

なお、厳密にはこの戯曲は未完である。とりあえず現状では２０４５年のシンギュラリティ突破をもって終了としてあるが、この先もおそらく人類史は続く。実際に起こったことを書き加えてもいいし、これから起こりそうだと思うことを書き加えてくれても構わない。私も恐らく、最後に何か書き加えて初演の上演を行うだろう。その最後の一行は、この戯曲には収録されない。劇場で観た方は、記念に書き込んでおいてくれるといいかもしれない。

２０２０年10月　初演の初日を二週間後に控えたある夜、横浜市内のホテルにて

谷賢一

## 著者略歴

谷賢一（たにけんいち）
作家・演出家・翻訳家。劇団 DULL-COLORED　POP 主宰。
1982 年福島県生まれ、千葉県育ち。明治大学演劇学専攻。大学在学中にイギリスに留学し、ケント大学演劇学科に学ぶ。帰国後、劇団を旗揚げ。文学性や社会性の強いテーマをポップに表現する。
2013 年、「最後の精神分析　フロイト VS ルイス」の翻訳・演出で第 6 回小田島雄志翻訳戯曲賞、文化庁芸術祭優秀賞を受賞。2020 年、「福島三部作」で第 64 回岸田國士戯曲賞、「1986 年：メビウスの輪」（「福島三部作」第二部）で第 23 回鶴屋南北戯曲賞受賞。著書に『従軍中のウィトゲンシュタイン（略）』（工作舎）、『戯曲　福島三部作』『演劇』（而立書房）。

上演のお問い合わせは有限会社ゴーチ・ブラザーズ（03-6809-8783）まで。

2020 年 10 月 25 日　印刷
2020 年 11 月 10 日　発行

著　者© 谷賢一
発行者　及川直志
発行所　株式会社白水社
電話　03-3291-7811（営業部）7821（編集部）
住所　〒101-0052 東京都千代田区神田小川町 3-24
www.hakusuisha.co.jp
振替　00190-5-33228
編集　和久田賴男（白水社）
装丁　奥定泰之
印刷所　株式会社理想社
製本所　誠製本株式会社
乱丁・落丁本は送料小社負担にてお取り替えいたします。

ISBN978-4-560-09813-4
Printed in Japan